繁星闪耀地层

Fanxing Shanyao Diceng

黄静泉 ◎ 著

山西出版传媒集团　北岳文艺出版社

·太原·

图书在版编目（CIP）数据

繁星闪耀地层 / 黄静泉著 . — 太原：北岳文艺出版社，2020.5
ISBN 978-7-5378-6162-5

Ⅰ.①繁… Ⅱ.①黄… Ⅲ.①长篇小说—中国—当代 Ⅳ.① I247.5

中国版本图书馆 CIP 数据核字 (2020) 第 044466 号

书　　名：繁星闪耀地层
著　　者：黄静泉
出 品 人：续小强
策　　划：左树涛
责任编辑：左树涛
装帧设计：张永文
印装监制：郭　勇

出版发行：山西出版传媒集团·北岳文艺出版社
地　　址：山西省太原市并州南路 57 号
邮　　编：030012
电　　话：0351-5628696（发行部）
　　　　　0351-5628688（总编室）
传　　真：0351-5628680
网　　址：http://www.bywy.com
E - mail：bywycbs@163.com
经 销 商：新华书店
印刷装订：山西新华印业有限公司

开　　本：787mm×1092mm　　1/32
字　　数：150 千字
印　　张：6.25
版　　次：2020 年 5 月第 1 版
印　　次：2020 年 5 月山西第 1 次印刷
书　　号：ISBN 978-7-5378-6162-5
定　　价：39.80 元

本书版权为本社独家所有，未经本社同意不得转载、摘编或复制

目 录

第一章　一夜长于百年　/　001

第二章　地层深处　/　046

第三章　高尚的女人　/　085

第四章　称其为人　/　132

第五章　"偷着乐"　/　159

第六章　爸爸还活着　/　182

第一章
一夜长于百年

晋北矿区的山是秃山，山上没有树。山体裸露着惨白的岩石，一如巨兽的惨白骨架。远远看去，那些山峦仿佛是一只只巨大的骆驼，矗立在蓝天之下、大地之上。

世世代代居住在矿上的人家都要搬迁了，这里就突然乱了起来。

山塌了山裂了，山区里的房子也裂了缝，山坳里的河也枯干了。豆青记得刚到矿上的时候，山下的河是一条波澜壮阔的大河，芦苇绿油油的随风摇曳，野鸭子成群成群地钻出芦苇丛，嬉戏在河面上。到了冬天呢，那条河又是一条明晃晃的冰河，美丽的冰河。多年以后，豆青已经变成了白发苍苍的老太太，回忆起来，很惆怅。群山东面的平川里建起了矿工新区，老太太就要去住新楼房了，心情却一下子沉重起来。其实矿上的人早就想走了，房子裂得吓人，家里的地上塌陷出菜窖一样的黑窟窿，黑窟窿望不到底，拿手电照，黑洞洞的照不见底。人们恐慌地说，睡一夜，恐怕第二天连人都找不见了。人们早就盼着离开这里了，可是现在真的要走了，心里又涌起一种生离死别的感觉。人们泪眼兮兮地看着歪裂的房子，唉声叹气，又对这困苦肮脏的矿区难以割舍了。那些用片石垒起的房子，都是人们亲手建造的，在里面居住了多少年，扔下就走，还真是有点舍不得。起初，有一两户人家开始搬家的时候，很多人围在旁边看，看什么呢？看别人是怎么一下子就搬走了，一下子就和这里永别了？后来，满山满坡的人家都开始争先恐后地搬起家来。整个矿区的搬迁，不是三户两户人家的搬家，那情景是庞大混乱。乱哄哄的人们往大车小车上装东西，往拖拉机上装东西，往马车牛车上装东西。收破烂儿的人扯开嗓子叫唤着，那嘶哑的喊声在乱哄哄的场面里很瘆人，好像在叫魂。满山满坡到处都是丢弃的破烂，好像战争就要打到这儿了，人们准备逃难一样。

豆青的儿女对母亲说，全矿的人都搬了，您怎么一点儿都不提搬家的事儿呢？真是急死人了。老太太不说话，眼里流露出忧郁哀伤。自从儿女们大了以后，该娶的娶该嫁的嫁，年轻人都离开矿区，到别处去了。儿女们并不是不管老太太了，是老太太不愿意走，所以就一直住在山坡上的老院儿里，独自过日子。遇到节假日，儿女们就来矿上探望老人，给老人家里的两口大水缸里续满水。水是从山下挑上来的。儿女们最厌烦的就是到山下去挑水，从小就厌烦，好像是宁肯到战场上去冒一回死，也不愿意到山下去挑水。这下好了，整个矿区都要搬迁，老太太不搬也不行了。年轻人都认为是好事。可老太太从来没有高兴过，总有点魂不守舍的样子，一脸哀伤。

儿子说："您搬吧！"

老太太"唉"长叹一声。

女儿说："您搬吧！"

老太太"唉"长叹一声。

儿女们就急得一块儿说："您就总是唉唉的，到底是咋了吗？"

老太太说不出来，总归是一提起搬家，心里就隐隐发痛，眼泪就要淌出来。

满山满坡和满沟的人家都搬了。电线也被拾破烂儿的人扯走了。山上没了电,人们搬家的速度就日渐加快了。这时候呢,又好像是,谁家搬慢了谁家就要面临灭顶之灾了。

每到夜里,山坡上那些断墙残屋,看上去跟古墓巨兽一样让人害怕。曾经住过那么多人,万家灯火的山坡街,一下子就变成了飞机轰炸过的样子,能不让人感到心慌、感到害怕吗?

现在,在黑乎乎的山坡上,只剩下一点光亮,那是豆青老人点燃的蜡烛。那孤独的烛光,犹如残酷的战场上,留下的最后一个坚守阵地的人。蜡烛在箱顶上晃晃悠悠地放出微弱的光,照着一个小相框。相框里镶着一张四十多岁的中年汉子的相片,那汉子四方脸,短发,短胡子,虎虎生气,像古代武士。

这一夜,老太太安静地坐在箱旁,借着烛光,不眨眼地注视着相片里的中年汉子。那汉子是她丈夫,秦二旦。

老太太说:"就要搬家了,不知道死去多年的老头子能不能跟我一起搬走。"

丈夫是在井下挖煤的时候让水给淹死的,已经死去二十多年了。自打跟了丈夫,丈夫就从没离开过煤矿,老太太也没有离开过煤矿。搬新家好是好,可活人能搬走,死人也能搬走吗?这是豆青老人最不放心的一件事。

孩子们说,明天一早,我们都来,都来给母亲搬家,说什么也不能让母亲一个人再住在这乱哄哄的山坡上了。说句不好听的话,半夜让狼吃了都没人知道。

夜风呼啸,让人觉得这山里更空寂了。

这一夜,老人一直安静地坐在红红的洋箱边,面对着丈夫的相片。老太太用手撑着脸腮，胳膊肘支撑在箱顶上，默默地注视着丈夫，想起了很久以前的许多事情。

在春风暖洋洋吹绿了辽阔的田野，河水汹涌奔流的日子里，豆青认识了在晋北矿下井的秦二旦。那时豆青正在地里种山药。四十多年以后，豆青还清清楚楚地记得，那一天的确是在地里种山药。媒人把秦二旦领到大田里，让他俩见见面，谈谈。

豆青看了一眼秦二旦，就觉得他有副好身体，在她们全村，像这么好的身体的没有几个。豆青把花头巾铺在地圪埝上，让二旦坐。二旦没坐，笑笑说："我过去也种过山药，都是农民，还垫啥头巾呢。"

豆青说："那你咋就当了下井工人？"

二旦说："招工招到矿上就当了下井工人。"

二旦说话干脆，把豆青逗笑了。豆青笑的时候，二旦看见豆青嘴里两排洁白的牙齿就像机器制造出来的那么洁白、那么好看。豆青出生在北岳恒山脚下，这里水好，滋养得女人们的肌肤玉润奶白，特别是滋养的牙好，一律整齐且刷白。

二旦说："种地是苦营生。"

豆青说："是苦营生。"

二旦说："种地就只能种饱个嘴，种不出钱来，不如挖煤能挖出钱来。"

豆青说："下井挖煤危险哩。"

二旦说："我们是国营大煤矿，比小煤窑安全。"

豆青说："那也得注意呢。"

二旦说："肯定得注意呢，不注意就没命了。你愿不愿意跟我到矿上去？"豆青说去就去吧。

豆青是农村户口，农村户口的人在矿上统称临时户。矿上有临时户当然就有长期户。长期户是什么？就是女人和孩子都是城市户口，家里的男人一般是在井上工作。从农村招来的工人，都是在采煤工作面干采煤的活儿。城市户口的女孩子不愿意嫁给采煤工。采煤工危险，说不准哪一天就消失了，女人就成了寡妇，到时候又得改嫁，又痛苦又麻烦。采煤工的妻子都是从周围或者更远一些的农村娶来的。这里的女人口音很杂，就是人们常说的南腔北调。

临时户没有住房，就在山坡上砍山采石，自己给自己建造房子。那些石片房依山势坐落在山坡上，屋墙靠着屋墙，屋脚踩着屋脊，零零乱乱。多年以后，政府就管那些山坡上的住房叫"棚户区"。煤矿工人死的死，伤的伤，为采煤事业立了功，好像应该给他们补偿点什么，所以政府就在平川里建起了矿工新区，山坡上那些住户成了搬迁户。

豆青认为新楼房来得太晚了，丈夫已经死去多年，孩子们都有了自己的家，剩下她这个孤寡老人，住进新楼房还有什么意思？周围的邻居都搬走了，老人有些失落。

这是最后一夜，这一夜过去，她将永远离开山坡上这处小院儿和自己亲手建造起来的石片房，心情很沉重、很复杂，像一棵大树被连根拔掉了。

刚到矿上的时候，工友们给豆青和二旦腾出一间单身宿舍。那时候，她扎着两根小短辫儿，走起路来，两根小辫儿一翘一翘地晃，让那些光棍汉看了眼馋。那些光棍汉每到夜里就听她的房事，到了白天就把二旦和豆青的夜生活添油加醋地进行宣传，羞得豆青不敢出门。听房的人绘声绘色地叙述二旦和豆青的房事。

二旦说："从今天晚上开始，你就是我的人了。"

豆青说:"嗯。"

二旦说:"那就让它进去吧?"

豆青说:"嗯。"

二旦问:"疼不?"

豆青说:"疼。"

二旦说:"疼就出来呀?"

豆青拉长声说:"嗯……"

矿工们哈哈大笑,笑出了眼泪,笑疼了肚子。大家更惯熟的时候,有人就问豆青,你那天晚上到底是不是那样说的?豆青有时说是,有时又说不是。听房,是煤矿人生活中一件有趣的事,矿工从井下上来,看见哪家灯亮着,劳累后的工友就来了精神,相跟着趴在门缝儿或窗户下,偷听房事。有胆大的女人一旦发现外面有人,不但不克制自己,反而更大声地哼哼唧唧,喊出声来,把外面的矿工喊得心旌摇动,忘记疲劳。矿工都说,在职工食堂里做临时工的那个四川女人就喜欢喊。他们说,听王侉子的房,真好,真过瘾。可惜多年以后,王侉子的男人在井下被片帮煤打瘫了,矿工们感到很遗憾。

老人笑了,老人想起有一天早晨,端着尿盆出去倒尿,刚一开门,就有一个人一头撞进了怀里,豆青吓得"哇"一声大叫,尿盆咣啷一声摔在地上,那个靠在门上睡着的人,刚被尿水灌醒,就仓皇逃跑了。二旦问媳妇是谁,媳妇说好像是小张。二旦见着人就说,小张那家伙,大清早拿我老婆的尿洗脸呢。可惜没过多久,小张上井的时候,坐在煤车里睡着了,煤车把煤和小张全都倒进了漏煤眼儿里,小张就在香甜的睡梦中死在了煤里和煤一起运走了。

在矿井下,人要是掉进了漏煤眼里,就会被滚滚煤流和轰隆隆的设备绞成肉泥，人就变成了煤。从那以后，豆青的心是真真实实地沉重起来了。有时候丈夫去上夜班，豆青一夜不能入睡，直到丈夫回来，领着她到职工食堂吃完早饭回到宿舍里，才开始跟丈夫一块儿睡。有时候丈夫来劲儿了，早饭也不去吃了，两个人就滚抱在床上。经过长夜地担惊受怕，那一次性生活会觉得急不可耐、淋漓尽致，真是带有一种伤感的好。

单身宿舍里不能做饭，豆青只能跟着二旦去吃食堂。在大食堂吃饭的日子里，豆青认识了卖饭窗口给人们搋菜的王姐。王姐是四川人，人们都叫她王侉子，都喜欢议论她的房事，她的房事经常给人们带来快乐……

秦二旦下井以后，豆青就觉得寂寞，心慌害怕，老想跟什么人说说话。后来，每逢午饭时间，豆青就故意迟去，买饭人少了或没人了，她就能和王侉子多说会儿话。王姐问豆青，怀上孩子没有？豆青羞涩地说，还没呢，不敢怀，吃着避孕药呢。没有房养了孩子往哪儿放？想养也不敢养呢。王姐说知道，也过过那种吃避孕药的日子，咱们女人本来就是养孩子的东西，能养不敢养，心里最苦了。尤其是你豆青，长得这么漂亮这么好看，恨不得赶快养个孩子，看看是比妈妈漂亮呢还是比妈妈丑呢，你说是不是呢？豆青说是呢是呢，就低下头，原本水汪汪的眼睛，这会儿就更水汪了。豆青羡慕王姐，王姐有家还有工作，穿着白大褂，像个医生，多神气。王姐笑笑说，神气啥呢，一个破临时工，说裁就裁了。王姐和豆青边说边走，就把豆青领回家了。

王姐家住在半山坡上，院墙是石片儿墙，石片儿咬着缝儿，不糊泥，挺好看也挺结实。小院儿里清扫得干干净净，看了小院儿就知道这家的女人爱整洁。房是坐北朝南，也是用石片儿垒成的，外墙抹了大穰泥，冬天挡风夏天阻热。家里是白生生的白灰墙。王姐家有三间房子,一间住人,一间做厨房,一间存放东西。紫红紫红的大洋箱被主人擦抹得油光锃亮,闪耀着生活的光芒。

豆青说:"要是我和二旦啥时候也能有这么一处家院该多好啊。"

王姐说:"要有这样一处家院,至少得苦干三四年呢。第一年和第二年是砍山采石,把山坡挖平了,把起出来的石片攒起来,将来垒墙用,像愚公移山,挖山不止。这两年中间还得备料,像房梁、檩子、表皮板、洋灰什么的,都得买。生活要节俭,省出钱买料,少吃肉,少穿好衣裳,艰苦呢。"

豆青说:"我行。"

王姐说:"你要是行呢,就在我家旁边这块山坡上盖房吧。这块山坡比较平缓,挖的山要少一些。"

豆青眼有多亮,哗一下,往出射东西呢,生活的希望。

豆青没告诉丈夫想盖房子,等丈夫上班以后,她就跑到王姐家旁边的山坡上,挥动洋镐,砍山采石。日子久了,丈夫终于发现有点不对劲儿,就问豆青,你这手,咋越来越拉人的肉呢?豆青笑笑说,我不告诉你,总有一天会让你有一个大大的惊喜呢。二旦说,我现在就让你惊喜,我天天都让你惊喜。豆青很满足,豆青觉得丈夫到底是好身体,每天都行。

有一天,王姐要和丈夫回老家去背粮食,让豆青给看家,豆青一下子就高兴了。

这一天,是豆青一辈子都忘不了的一个日子。早晨,豆青领着二旦认了家门,对二旦说,下班直接回这儿,就别回单身宿舍了。二旦微笑着走了。那是什么心情?就像两个偷情的人,约定了一个秘密的地方,心里能不激动吗?豆青在王姐家里转来转去,看来看去,瞅啥啥亲切,那是一种自己有了家的感觉,恨不得哭出来。

有家了，过一回有家的日子真好！

豆青到商店里买了肉，买了酒，买了菜，整天都在忙乱中。肉菜炒好了，酒壶热在搪瓷缸子里。丈夫爱吃面条儿，她在和面水里搅拌了一点咸盐，用这样的水和出的面筋道。她在做那些活的时候，欢蹦乱跳，像一只活泼的小鹿。酒肉饭菜都齐备了，她就站在小院儿门前往井口方向瞭望。她看见高高的井架，看见天轮在不住地旋转，旋转出了豆青的好心情。她知道丈夫就是从那儿下井上井的。

山川河晶莹闪亮地流淌着，像一条玉带，缠绕着山峦，流向远方。孩子们光着屁股，在河里嬉戏，发出清脆的欢笑声。山坡上的马茹茹结出一个一个小红果，拥拥挤挤的小红果让人心跳。山上的树，泛出温柔的绿色，每一根晃动的树枝，又像是一只只召唤的手。

她现在看什么都新鲜，看什么都顺眼，觉得自己快要高兴死了。丈夫再不回来，她真就支持不住了，整个身心的兴奋，快把生命力耗尽了。白瓷酒壶坐在一个盛了白开水的大搪瓷缸子里，热着酒，也温热着一个矿工妻子的心。她摸摸酒壶，摸摸搪瓷缸子。凉了，把水倒了，换了一缸子开水，又把酒壶坐进热水里，然后到院门口儿去瞭丈夫。她突然看见三个穿着窑衣的人，其中一个人还背着一个，往她这边走来，她的心紧缩了一下，赶紧迎上去，心急火燎地问："这位大哥是咋啦？"

黑乎乎、面孔肮脏的矿工说支柱子的时候，柱帽儿掉下来砸了脚。大家好像没事儿一样背着那个人走了。豆青的心一下子就沉下去了，像沉到了万丈深渊。她抖抖索索地站不稳了，两腿发软，好不容易才回到王姐家，用手抚摸着温热的酒壶子，像小孩儿受了委屈一样，哭泣起来。她觉得委屈，那种委屈让她哭得一塌糊涂。

她终于听到了丈夫的喊声,丈夫走进院子的时候就喊上了:"豆青,豆青,我回来啦!"

豆青磕磕绊绊地跑出去,就在当院,猛然扑进了丈夫怀里,抱紧了穿着肮脏窑衣的丈夫,放声痛哭。二旦被妻子哭惊了哭傻了,瞪大眼问:"你咋啦,你哭啥?"

豆青泣不成声地说:"刚才在院子外面瞭你,看见……看见……看见两个工人,背着一个受伤的工人……"

丈夫嘿嘿地笑了,说:"我还以为你让别的男人给祸害了,看把我吓的,原来是看见了受伤的工人。你真是大惊小怪,煤矿人受点伤太平常了,有啥奇怪的。那个人受的啥伤?"

"背他的人说,让柱帽打伤了脚。"

二旦就更笑起来了,笑着说:"你真稀奇,打破个脚,能算屄个啥伤呢,还值得你哭啊?莫非那个人是你过去的相好,让你这么心疼?"

豆青就用那温柔的小拳头砸二旦的胸脯,边砸边说:"人家不是担心你嘛。"

二旦一高兴,就把豆青抱起来了,豆青被颤颤悠悠地抱回了家。这时候,二旦才好像是想起了什么:"看看,把你的衣裳都弄黑了,你个小傻瓜。"

豆青笑了,笑得真甜。

二旦喝了一壶温烫的酒,又喝了一壶温烫的酒,醉意就来了,欲望就来了。

豆青也欲望强烈起来。她从来没有想到女人原来还会有这么强烈的欲望,她觉得嗓根窝儿发堵,心跳加速,气喘咻咻。她忘记了羞涩,特别是女人的羞涩,她现在心里真想男人,急不可耐,她要正正式式、隆隆重重、气气派派地过一回有家的日子。

那一夜，她竟然丝毫不控制，大声地喊出来了。过去在单身宿舍的时候，她不敢喊，这一夜她不拘束不压抑了，大声地喊着："啊……我要好死啦……我的天哪……我的二旦哟……"

王姐和丈夫从老家回来了，背回好多粮食。

豆青却十分忧郁，十分哀伤。

王姐问豆青是不是病了，豆青说没病，王姐说没病咋脸色这么不好看？豆青怯怯地说："王姐，你把那间存放东西的房子租给我吧，我真是太想有个家了。"说着，豆青就哭了。

王姐说："行行行，你哭啥呢？租给你就租给你，都是下井工人的老婆，谁还不知道个谁？"

王姐和豆青开始收拾那间房子，她俩买来刷房白土，把白土蛋子泡在水桶里搅。为了省钱，两个女人决定不雇人刷房子，自己刷。女人怎么会刷房？不会刷，瞎刷，就图着刷出个好心情。

俗话说：搬家不吃糕，一年搬三遭。所以这油炸糕是一定要吃的。油炸糕是大同地区的名吃。黍子脱了皮变成黄米，黄米再磨成黄米面，黄米面用水搅拌湿润，上笼蒸。把蒸熟的湿面扣进陶瓷盆里，趁热用拳头捣杵，面凉了就捣不动了，当地人叫摭糕。摭糕时，旁边放一盆儿凉水。因为蒸熟的糕面很烫手，所以就一边沾凉水一边摭，把湿面摭成蒸馒头一样的面团子，金黄色的面团子。然后揪成一小块儿一小块儿剂子，在案板上揉圆了，用手压成圆片。像包包子一样，把紫红紫红的梅豆馅儿包进糕饼里，再投进滚沸的油锅里炸。炸出来的油糕有一层油泡泡，蓬松，金黄闪亮，外脆里嫩，豆馅儿甜滋滋的，很好吃。逢年过节，稀客临门，大同人总要吃油炸糕，油炸糕就有了喜庆色彩。不经油炸的糕叫素糕，也叫黄糕，蘸肉汤吃别具风味，当地人非常喜欢吃黄糕泡肉。不脱皮的黍子磨了面,做出的糕叫黍子糕。黍子糕虽然粗糙,但时间长了吃一回,咽一口拉一下嗓子,咽一口拉一下嗓子,也是口感很新鲜的饭食。因为心里高兴,豆青今天做了三种糕,黄糕、油糕、黍子糕,大家想吃啥吃啥。

还要说说黍子,黍子就种在煤矿周围的山坡上,是一种耐寒耐旱的农作物。也可能是耐寒耐旱的缘故,所以黄糕又是一种非常耐饥的饭食。当地民谣说:"三十里的莜面四十里的糕,二十里的荞面饿断腰。"意思是说,吃了糕走四十里路都不会饥饿,是受苦人最好的饭食。下井工人在井下待的时间长,下去以后就吃不上饭了,不像井上工人,中午还有吃饭时间,井下不行,没有吃饭那一说。所以井下工人喜欢吃糕,扛饿。

豆青和二旦搬家要请人吃糕,请谁呢?就请相好的单身汉,就是那几个曾经给二旦腾房住的单身汉。豆青搬家很容易,只有两套被褥和一个盛放零碎物品的炮药箱子,工友们这个拎一件那个抱一件,连人带家,一趟就搬到了王姐家的那间房子里,但这个家简单温馨。

多年以后,人们绝不会相信,会有那么简易的婚姻,那么简易的家庭,那么情重的夫妻。

油炸糕端上饭桌的时候,小院儿里燃放起了鞭炮。

有了家就更觉着家好了,豆青拼命地砍山采石,手掌磨出血泡,也是手疼心不疼,被建造美好家园的理想鼓舞着,石头砸痛了脚,还要咧着嘴笑。豆青已经找到了砍山采石的窍门儿,先用洋镐把山皮刨开,用铁锹把土铲到旁边,留着日后和泥,用钎杆寻着石层一层一层往起撬石片。撬起的石片再一块一块搬到采石场旁边的石堆上,碰到大块石片,豆青就觉得很无奈,转来转去没办法,像狗咬刺猬,只好等丈夫回来,或者等周官回来,挥动猴头大锤，把大石砸成小块儿。看着男人们挥动大锤砸石头，豆青就恨自己是女人，没有男人的力气。每天晚上睡觉前，豆青都要想想自己码在山坡上的那堆石头，昨天那么高，今天这么高，明天又会多高，后天呢，后天又会多高呢？就好像是，盼着孩子长高似的。有时候搬石头搬累了，豆青就站在山坡上，瞭望山坡下那一排排青砖蓝瓦房。那些房是矿上盖的，是公家房，是分派给双职工和长期户的房。豆青想，我一定要把我的石片房盖得比公家房大，比公家房好。

每到夜里，夫妻俩躺进被窝，就开始讨论房子的事情，他们要在王姐家旁边开出一块比王姐家的小院儿还要大的场地做院子，将来要盖四间房或者是五间房，眼下先盖两间，一间睡人，一间做厨房。等有了孩子，再增加一间，他俩要养好多孩子，最理想的是养三个儿子两个女儿，建立一个大家庭。再以后还要有儿媳，有女婿，有孙子孙女和外孙，俩人在筹划未来的夜里，常常在被窝里发出欢快的笑声。每逢丈夫上夜班的时候，豆青就坐在火炉边给丈夫烘烤窑衣。丈夫的窑衣是棉袄棉裤。每次下井回来，窑衣里都湿乎乎的，今天烤干了，明天又湿了，丈夫每个班要流多少汗？她总要让丈夫睡好班前觉，她对丈夫说，你睡吧，放心睡吧，我看着时间呢，误不了你上班。丈夫安心地睡了，豆青就坐在火炉边给丈夫烘烤窑衣，一边烤一边揉搓。汗湿的窑衣若是只烘干不揉搓，窑衣就像铁片子一样硬邦邦的。硬邦邦的窑衣，让丈夫怎么穿？煤矿上的女人，都是这么做妻子的。到了上班时间，豆青就叫醒丈夫。丈夫穿起热乎乎软绵绵的窑衣时，心里忽地震动了一下，想好好和妻子亲热一次。但下井工人最需要体力，来了情绪也只能克制，本来属于他们的那一点点快乐，也不是能随便享受的。他们只能在心理上兴奋一下，抱住女人亲一口,过个嘴瘾,然后就怀着一丝美好的遗憾下井去了。可是,又有多少人竟然把那一丝美好的遗憾,永久地带入了井下。

早晨的太阳照耀着山川河流,沐浴着阳光的世界充满勃勃生机。飞来飞去的麻雀,是黑色的,它们忙忙碌碌,在不停地刨食。矿工们穿着肮脏乌黑的窑衣行走在肮脏的矿区里,有的去下井,有的从井下上来,拖着疲惫的身子往家走。他们脸上布满煤黑,如同被墨汁涂染过一般,只能看见白眼仁儿和白牙齿。那白眼仁儿和白牙齿对比满脸的煤黑,竟然显得特别白。这时候,即使是儿子和老子走了面对面,那满面煤黑的老子若是不吭声的话,儿子也认不出来。

豆青在山坡上挥动洋镐,砍山采石。每每看到出井的矿工走过来,就心动一下,见对方不吱声,知道不是自己的男人,就继续砍山采石。有时候,砍山砍累了,她就站在山坡上往远处看,从这座山再看向那座山,每一座山都像一只巨大的骆驼。

豆青的脸已经不再是那么白嫩了,过去那张白嫩的脸已经被晋北高原上的紫外线和粗暴的风沙给变黑了、变粗了。两只柔嫩的女人手,已经布满了老茧。丈夫心疼地说:"跟了我这个窑黑子,真是让你吃苦了,你后悔不?"

豆青笑了,丈夫把妻子紧紧地抱在怀里,一句话也不说,就那么使劲地抱着。想着以后有时间了,一定要带妻子去一趟北京,要在天安门前照张相。

老人看着丈夫的相片,想起至今都没到过北京,觉得很遗憾,一辈子净顾受苦了,啥也没顾上。夜风呼号着,翻翻卷卷地冲撞着山坡上毁坏不堪的自建房,发出凄惨的声响。

山坡上盖了几十年的房子,现在一下子就变得惨不忍睹了,真是让人心里难受。豆青在王姐家旁边盖房的时候，山上还没有那么多房子，后来满山满坡全都盖满了房子。人们来到矿上，先在山坳里盖房，沿着山坳渐渐地往山坡上盖，住得越高，说明来得越晚。居住的地方越高，柴、炭、水也就越不容易运上去。最初的时候，人们都在南山坡上盖房子，盖的是正房，坐北朝南，迎着太阳。后来，南山坡上盖满了房子，人们就在对面的北山坡上盖房子。北山坡上盖起的房子是阴面房，是坐南朝北，到了冬天，西北风直接往家里灌，不好住。即使这样，北山坡上也全都盖满了房子，那些房子是用汗水泡出来的，是用希望托起来的，那些房子记录了煤矿人几十年的奋斗历程和生生死死。

  煤矿人盖房不用砖不用瓦，就用片石和黄晶晶的大穰泥。大穰泥抹外墙抹房顶，过几年房子漏了，就再抹一层大穰泥。人们说房漏一把泥，就是这个意思。后来，人们又发明了炉灰渣子拌洋灰打房顶。把锅炉房倒出的炉灰渣子，一担一担挑到盖房的地方，先用生石灰把炉渣子拌了，提前沤个四五天，用铁锹来回倒翻，来回加水。要把生石灰彻底放劲儿，即使豆大的一块儿生石灰不放劲儿被打进房顶里也要把房顶鼓裂出泡来。那玩意儿劲儿很大，压是压不住的，所以就得多倒翻，很费力气。最后，再拌进洋灰，用水和了，趁着房顶上抹好的大穰泥半干不干的时候，把炉灰渣子一锹一锹扔到房顶上，铺两三寸厚，铺匀了，大人孩子就用铁锹拍，用方木拍，拍出浆子，再用泥抹抹光，这样做出来的房顶十年八年不漏雨。噼噼啪……噼噼啪……噼噼啪啪噼噼啪……打房顶的声音是那么壮烈、那么响亮，震得群山里到处都是回声。那些老房子啊，其实是有灵性的，现在一旦被挑了房顶，就随着冬夜的风声哭起来了……

豆青在王姐家院旁边也建起了一处小院儿，盖了三间石片房，坐北朝南，明晃晃、亮堂堂。矿上的长期户，炕上都铺着红花大油布，是从商店里买的。豆青舍不得花钱买油布，她把洋灰袋子拆开，把牛皮纸用糨糊一层一层粘起来，炕多大就粘多大，请了油画匠，画出一块大花红油布，家里就有了亮色。矿区里有专门以画油布为生的油画匠。豆青给丈夫生育了一个儿子、两个女儿，日子过得红火热闹。豆青已经不梳小辫儿了，梳成了剪发头。在他们的小院儿里，在三间石片房的旁边，又打好了两间房的地基。这是豆青十多年前的心愿，她要盖五间房子，生五个孩子。她依旧被希望鼓舞着，每天都超负荷劳动。她既要服侍好丈夫的衣食住行，又要服侍好儿女的吃喝穿戴，同时还要不停地砍山采石。她担起了母亲、妻子和建设者的多重重担，像汽车轮胎一样，既有韧性又善于负重。

平时，豆青做了肉做了鱼，就把王姐的丈夫叫到自己家里，给两个男人热了酒，伺候两个男人吃饭喝酒，唠闲话。井下寒气大，下井工人都喜欢喝酒。豆青一边给两个男人烫酒，一边叨叨咕咕地劝两个男人多吃菜少喝酒，喝多了难受，对身体不好。可实际上呢，她又总是不停地给两个男人烫酒，上酒，好像生怕两个男人喝不多喝不难受似的。

周官总是说："豆青真是个好女人，是少有的好女人。"

王姐就操着四川口音说："我告诉你姓周的，你可不能对豆青动一点歪心眼儿。你要是动一点歪心眼儿，我绝不轻饶你。到时候我不拿家里的菜刀剁你，家里的菜刀小，我拿职工大食堂的大菜刀剁你！"

周官说："你们侉子说话就是吓人，还要用大菜刀剁我。咱不说别的，就说这十多年来，二旦每次下班的时候，豆青都站在小院儿门前踮着脚瞭二旦,不管风吹日晒,不管下雨下雪,装能装十多年吗?你说她好不好?"

王姐抢白道:"我不是下班下得迟嘛,我要是在家里闲着,我也一样会瞭你的。男人都那样,总是觉得孩子是自家的好,老婆是别人的好。"

有一天中午下班的时候,王姐假装病了,跟主任去请假,还流了眼泪。主任以为王姐家出了什么大事儿,矿上的女人比其他地方的女人坚强,不出大事儿不掉眼泪,主任很震惊。王姐说:"大事儿倒是没有,就是身体不太舒服,想请半天病假,想休息休息。"

主任说:"女人嘛,哪个月都有那么两天的,休息半天就休息半天吧,哭啥呢?"

王姐高兴了,中午下了班,几乎是跑出食堂的。王姐跑到自由市场,买了一颗猪头,买了豆角、青椒和蒜薹,晚上想给丈夫好好地做顿好饭吃,让丈夫惊喜惊喜。王姐有多高兴,不停地笑,把豆青都笑傻了。豆青就开玩笑地说:"王姐,是不是昨天晚上周官把你伺候得太好了,到今天还舒服着,咋就这么笑呀?"

王姐说:"这回我算知道了,原来是二旦天天能伺候好你,所以你才天天对二旦那么好。"

两个女人都哈哈地笑开了。

豆青神秘兮兮地说:"昨天半夜里,我以为外面有了贼,就悄悄地从家里出来,你猜我出来看见啥了?"

王姐说:"你看见啥了?"

豆青说:"哎呀我的妈呀,我看见你家门外和窗户下挤了那么多人,好像开会呢,别说那些男人听着你哼哼唧唧的浪音高兴,就是我这女人都听得受不了了,跑回家跟二旦好好地来了一下。"

王姐说:"就一下?"

豆青说:"好几下。"

王姐说:"你说那家伙也怪,叫两声咋就觉得那么好?"

豆青想起自己给王姐看家那天晚上的叫声,就抿着嘴笑了。

王姐说:"你笑就是你也是。其实有时候我是故意逗他们玩儿的,想让工人高兴高兴。其实你不知道,有时候周官根本不在家,他在井下挖煤呢,我担心周官,睡不着觉,就给孩子们缝衣裳纳鞋底子,听着院子里有了动静,我就故意哼哼唧唧地喊,喊来喊去呢,真就喊得裤裆里湿了。"

豆青很过瘾似的拍了一把王姐的肩膀,啪的一声。

王姐说:"不瞎说了不瞎说了,说正经的,周官老吃你家的好酒好菜,我真是心里过意不去。我下午请了假,你也别做晚饭了,我给露点手艺,做顿好吃好喝的,让周官也高兴高兴,让他吃吃啥子叫四川菜。"

王姐是人贩子从四川贩来的女人,起初想逃跑来着,日子久了,知道周官下井又苦又危险,而且周官对她又是真好,也就没了逃跑的心思,一心一意地跟周官过起了日子。在王姐准备饭菜的时候,豆青则烧红了火钩子,很仔细地烫掉猪头上的毛。王姐说今天是周官三十九岁生日,自打结婚以后,就没好好给周官过过一回生日。刚结婚的时候是总想逃跑,不想给周官过生日,后来到大食堂做了临时工,又是没时间给周官过生日,今天下午请了假,给周官好好过一次生日。

豆青出去买了生日蛋糕、生日蜡烛。自己家能过到今天这有房有院儿的日子,也真得感谢王姐和周官呢。

王姐把煮熟的猪头肉扒下来,摆在案板上,又借了豆青家的案板盖在猪头肉上,两块案板把猪头肉夹在中间,然后又搬了两块大石头压在案板上,猪头肉里的肥油就慢慢地被挤压出来了,猪油滴进盆子里，日后炒菜用。

豆青说："你这是做啥呢？"

王姐说："这是我们老家的做法，挤出猪油来，猪头肉就瓷实了，吃起来才筋道，有嚼头，还不油腻，男人们就能多吃点。"

黄瓜用刀拍酥了，再切成段儿，捣点蒜泥，蒜拌黄瓜猪头肉，是男人们下酒的一道好菜。压出来的猪头肉真紧，切成片儿，抖一抖，跟弹簧一样软筋软筋地颤，像皮冻儿，看上去就好吃。让下井的男人回来好好地吃！她们的所想所做，都是为了男人。

四川回锅肉最好，把猪屁股肉煮到七成熟，晾凉了切片。等油热了，将肉下到锅里再煸炒出油，肉片微卷时，加入豆瓣酱、豆豉、味精、白酒少许，炒出香味再倒酱油翻炒。然后再把已经切好的三厘米长的蒜苗和红辣椒倒入锅中，炒到蒜苗发绿出锅。这道菜色泽红亮，微微麻辣，肥而不腻，极其好吃。让下井的男人回来吃个痛快吃个满意。

王姐的心已经乐开了花，好像看见男人一边吃菜一边饮酒的满意样子了。夜里再跟丈夫好好睡一觉，她的计划有多美，有多好！

饭菜全都准备齐全了，王姐就站在小院儿门前瞭望丈夫。操劳后的女人的心，是那么激动、那么甜蜜、那么急不可耐。

火红的夕阳照耀着矿山，照耀着两山之间夹着的那条山川河。河面上泛着红彤彤的夕阳的光辉，河就像火一样在山坳里流淌着，涌动着，仿佛一湾涌动的火。

周官应该回来了，可还没有回来。

二旦也应该回来了，但也没有回来。

两个女人的心里都不平静了，可又不能表现出来，反而相互说着宽心话。周官和秦二旦同在采煤二队当工人，两个人不可能同时出事儿，即便是有一个人出点事儿，另一个也该回来了。两个人都没回来，说明队里有工作的事情，所以两个男人都还回不来。

下井工人的妻子，每天都要经历一次折磨。到了丈夫应该回来的时候却没有回来，妻子就会像热锅上的蚂蚁，烦躁不安。她们总不能往好处想，这家的男人伤这儿了，那家的男人伤那儿了，自家的男人呢，将来会伤成什么样子？好像不受伤是不可能的事情，心理上被长久地折磨着，得不到安宁。

豆青把声音压到最低，说："都超过一个多小时了，他俩该回来了，咋就还不回来呢，不会出事儿吧？"

王姐说："不会吧？"声音是有气无力。

两个女人默默地站在小院儿门前，就好像两个互不相识的人，站在车站外面等待接站，等待着从战场上幸存而归的人。

夕阳已经消失在西山背后了，苍苍莽莽的群山呈现出模模糊糊的轮廓。西天上一缕一缕的红云，像一抹一抹鲜红的血。那血色的黄昏，让两个心焦的女人恐惧不安。

王姐说："都超过一个多小时快两个小时了，他俩该回来了，咋就还不回来呢，不会出啥事儿吧？"

豆青说："不会吧？"声音有气无力。

两个女人此时此刻的语调是那么相同，那相同的语调表达着相同的心情，那是煤矿之外的女人一生中都体会不到的紧张焦急。

王姐看见小卧车了，心跳咚咚。

豆青看见小卧车了，心跳咚咚。

小卧车盘旋在山坡街的小路上往山坡上行驶着。这种时候，就是煤矿工人下班回家的时候，站在山坡上瞭望儿子的母亲和瞭望丈夫的妻子，最怕见到的就是小卧车往自家这边来，那小卧车带来的往往是让人接受不了的噩耗。山坡上自建房里住的都是矿上的下井工人,他们根本享受不上小卧车。有些煤矿工人,到死都不曾坐过小卧车,说起来,真可怜。他们什么时候才能坐上小卧车呢?往往是自家的矿工在井下出现伤亡事故时,小卧车才来接走伤亡者的家属。伤亡家属也只有在失去亲人的时候,才会被矿领导的小卧车接走,矿上的人都说,千不怕万不怕,就怕卧车来我家。

王姐看见小卧车了,心想,你可千万别来我家啊!王姐看见自己伸出一只精神之手,冲着小卧车伸了过去,要把小卧车推回去。

豆青看见小卧车了,心想,你可千万别来我家啊!豆青看见自己伸出一只精神之手,那条胳膊那么长,那只手那么大,伸出去的那只手想把小卧车推回去。

小卧车没有被推回去,那个倒霉的家伙缓缓地往山坡上爬着,爬到王姐和豆青家的近处停下了。两个女人都在同一时间别过脸去,不愿意承认小卧车来到了自家门前,但又在同一时间转过脸来,又想要看个清楚,小卧车是不是真就停在了自家门前?当两个女人确信无疑地看见小卧车的确是停在了她们住房前边的时候,她们又希望小卧车是走错了路,停错了地方。但她们的心此刻缩紧了。

从小卧车上跳下来的人说:"那不是王侉子吗?那不是就在院门前站着吗?"

王姐听到王侉子这称呼的时候,心里一下子就明白了。煤矿人,在心理上是随时准备接受灾难的,即使在梦里都有思想准备。

王姐的脑子轰一声响,瘫倒在地上了。

秦二旦抱起王姐呼喊道:"你别怕,你别急,周官只是受伤了,已经送进医院抢救,矿上让我来接你去医院呢。"

这就还有救,矿上的人都知道,如果小卧车把家属接到招待所去，就说明那个人是完了，已经送进太平间了。如果家属被接到医院去，说明是受了伤正在抢救，还有生还的希望。

住在山坡街上的人，平时也是住不进招待所的。招待所是什么地方？是接待客人，接待领导的地方。下井工人和工人家属，平时是不被招待所接待的，只有什么时候才接待她们呢？只有在她们失去亲人的时候，招待所才接待她们，才好吃好喝地接待她们……可是，她们被接待的那一刻是多么突然，是多么悲伤啊！

王姐家的饭桌上摆满了丰盛的菜肴。生日蛋糕上，两个女人细心插起来的生日蜡烛，让人触目惊心。

蜡烛摇摇曳曳地燃烧着，显得顽强不息。屋外的穿山风肆无忌惮地扫荡着群山，扫荡着群山里的断墙残屋，发出尖厉的响声，这让豆青老人想起了王姐的哭声。王姐瘫坐在地上，呜呜的哭声，真像今夜这吓人的风声。豆青嘟囔道："听听那呜呜的大风里，咋听都有王姐的哭声哩。"

王姐丈夫没死，人们都说真是运气好。那块片帮煤足有二百多斤，照直砸在了弯腰铲煤的周官的腰背上，当时就把周官砸趴下了，哼都没哼一声，没砸死真是万幸了。

周官的腰椎被砸坏了，是中枢性截瘫。矿上的人再见到周官时，周官坐在轮椅里，轮椅下方挂着一个塑料尿袋子，王姐有时候推着他，出来晒太阳。王姐已经不去职工食堂上班了，丈夫瘫痪了，需要专人伺候。人们管这种人统称为"伺候工伤的人"。周官瘫痪以后，王姐就变成了开着工资的伺候工伤的人。

在煤矿，伺候工伤的人平日里推着瘫痪的病人行走在大街上，或者待在旮旯里晒太阳，看戏看电影免费入场，那些伺候工伤的人当然是很高兴的。

可王姐伺候的是自己的丈夫,是瘫痪了的丈夫,王姐是永远也高兴不起来了。

周官的脾气越来越坏,动不动就发脾气。他是真要伤害妻子,让妻子恨他,不爱他。丈夫知道,矿上的女人太苦了,丈夫好好的时候,让女人担惊受怕;丈夫死了,让女人去守寡;若是瘫了呢,就让女人守活寡。让女人守活寡,是对男人的终生折磨。他们和妻子没少过性生活,妻子也没少哼哼唧唧地快乐过,可一下子就停了,一下子就让妻子开始守活寡了,他们心里能好受吗?他们坐在轮椅里,经常回忆起下班时候,妻子站在山坡上,沐浴着夕阳的光辉等待着他们。妻子对他们那么好,可他们现在却不能对妻子好了,他们能怎么办?只能伤害妻子,让妻子恨他们,不爱他们。

王姐是一个挺漂亮的女人,长着一双黑幽幽的眼睛,就是那种具有四川人特征的眍䁖眼儿,深邃,有灵气。她刚到职工食堂上班的时候才二十几岁,虽然人们都管她叫王侉子,但人们更愿意承认她是洋娃娃。人们都说,王侉子长得真好看,像个洋娃娃。卖饭的时候,王姐站在哪个窗口,哪个窗口排队的工人就比别的窗口的人排得多很多,是职工食堂里一件热闹的事情。王姐看得很明白,每当她推着丈夫走在矿上的时候,有些男人总要盯住她看几眼,看什么呢?看这个仍旧漂亮的女人忽然失去了性生活,让人觉得是多么可惜,多么无奈。人们回忆起听王侉子房事的那些快乐的夜晚,心情很沉重。

在煤矿,截瘫男人的妻子有了外遇,人们是不笑话她的。因为那是煤矿给女人带来了不公平,不是女人坏,是女人苦。

王姐给周官端上饭让周官吃,周官一扬手把饭碗打飞了。饭菜泼了王姐一脸,王姐不吱声,默默地掉眼泪。孩子们惊吓得不敢动弹,低下了头。周官见妻子掉眼泪,压抑住内心深处的悲伤,瞪圆眼睛,愤怒地骂道:"哭哭哭,哭你妈个×呢,走,推着老子离婚去!"

王姐说:"你这说的是啥子话嘛,哪个说要跟你离婚啰?你瘫了,心里不好受,我心里就好受吗?"

三个孩子低头落泪,大气都不敢出一口。

周官愤怒地叫骂着,自己也不知道在叫骂些什么。叫骂声惊动了隔壁的豆青,豆青很快就来到了王姐家。自从周官瘫痪以后,豆青来王姐家来得更勤了。她帮助王姐做饭做菜,扫地擦箱子,给周官洗衣裳,洗带屎的内裤。瘫痪病人下肢没知觉,拉屎拉在裤子里是常有的事情。豆青经常对丈夫说:"人得有情有义有良心,初来矿上的时候,是王姐让咱们在她家旁边建起了家,是王姐让我给她看家,我才体会到了家的滋味。那天晚上多好,好得我大声地叫,这辈子,就数那天晚上好了,到死我也忘不了了。没事儿的时候你常去王姐家看看,帮帮他们,尤其是王姐,才四十多岁就守活寡了,多可怜呀,要是我,怕是还守不住呢。"

二旦用狐疑的眼睛看豆青,看了好长时间蹦出一句话来:"莫非你想让我顶替周官?"

豆青低着头,用手抹了抹湿润的眼睛说:"那得王姐自己愿意。"

二旦更怀疑了,长时间看着豆青,又蹦出一句话:"我看你这女人是疯了。"

豆青哀伤地说:"你才疯了,煤矿上的女人,疯了总比不疯好。我心里真乱,真不知道咋样做才能帮了王姐和周官。不管咋说,王姐要是有求于你,你就对她好点。我也是女人,女人多难受,我心里清楚。"

晚上睡觉的时候，二旦习惯性地去了周官家，他从轮椅里抱出周官。周官团缩在二旦怀里，仰起脸说："我要是死了，你一定要帮我照看照看我的老婆孩子呀。"

二旦说："你死不了了，那年在井下，那么大一块煤都砸不死你，你这辈子就甭想再死了。"话是这么说，可心里却犯了怀疑，听周官刚才的话，这人是不是想自杀呢？二旦似乎看见周官把轮椅摇到了山顶上，呼一下就飞下山去了，周官和轮椅都往山坡下滚……

二旦怀着恐惧心理，把周官放到炕上，站直了身子。王姐看见二旦的后背很宽阔，很伟岸，很像自己男人健康的当年。那后背透射出雄性的力量，对女人不可抗拒的征服力。这让王姐觉得很心慌，很亲切。

王姐的心，莫名其妙地颤抖起来。

豆青的儿女都很理解母亲的辛苦，下学回家，放下书包就和母亲挖石头搬石头，一家大小长年累月地建造房子。现在，终于可以实现多年以前的心愿了。垒起来的石片墙上，已经架上了房梁和檩条，丈夫已经约好工友，当早晨的太阳蓬勃升起来的时候，最后的两间房就开始盖顶。

这一夜，豆青和二旦真是太兴奋了。他们已经四十多了，儿子十六岁，已经开始在母亲和两个妹妹面前躲避起身体的隐私之处了。再过两年，或者三年，都已经发育成熟的大儿大女，还能在一铺炕上睡觉吗？不能了，当然是不能了。

丈夫说："最后这两间房总算是要盖起来了，将来儿子娶媳妇都不愁了。等盖好房子，我请几天假，说啥也带你去北京转转，咱们在天安门前照张相。"

豆青笑着说："这话我都听了二十多年了，你以为你是哄小孩儿哪?"

二旦呼一下从被窝儿里坐起来,兴冲冲地说:"这回真的不拖了,盖完了房,有天大的事情也往后放,先带你去北京。"

豆青笑着,扳住丈夫的肩膀把丈夫扳倒在炕上,说:"你快睡吧,待会儿还得上夜班呢。睡吧睡吧,我信你还不行吗?"

丈夫睡了,豆青盘腿坐在炕头上,挨着灶火,一边烘烤窑衣,一边看着时间,到时候就叫醒丈夫。她这样子守候丈夫已经二十多年了。

丈夫上夜班走了,就那么安然地走了。他还没来得及盖好最后的两间房子,还没来得及带妻子去北京旅游,还没有完成最后的心愿,就永远走了。丈夫死于井下透水事故,那个夜班,淹死了七名煤矿工人。

第二天早晨,被约来盖房的工友,看着没有盖顶的房子,泪雨飘洒。

豆青和王姐抱在一起放声痛哭,好像两个女人在哭着同一个丈夫。

豆青住进了招待所。矿领导派了四个女人伺候豆青,白天两个,黑夜两个,寸步不离地跟着豆青,怕豆青自杀。

豆青真想打开窗子,跳下去。可豆青没机会,伺候豆青的女人形影不离地跟着她。

作为工亡妻子的豆青,到现在,好像才活得尊贵起来。因为丈夫为挖煤捐躯,妻子变得十分高尚令人尊重起来。而矿上呢,又好像现在才知道有下井工人死了,才觉得亏欠矿工点什么,就想用招待所和好吃好喝来补偿。可这时候的工亡家属,谁还能睡得好吃得香呢?

伺候豆青的女人说："矿上说了，你想吃啥就给你买啥，你想穿啥就给你买啥，只要你说话，随便要啥都行。"

豆青说："我啥也不要，我就要我男人，我就要我家的男人。"

伺候豆青的女人就劝慰豆青："你这不是说傻话吗？人一旦走了，就是咋叫也叫不回来了。"

豆青说："你们是不知道呀，我跟我男人过了二十多年，两口子连一回脸都没红过，这生茬茬地就走了，真是心疼死我了。"

伺候豆青的女人，也跟着豆青哭了。

秦二旦死了，房子本来应该盖起来却没能盖起来，这让周官心里非常难受。看着立竖竖的石片墙，看着墙上已经架好的房梁和檩条，看着四堵墙朝着苍天明晃晃地开放着，让人眼流泪，心滴血。

周官对妻子说："你去买些猪肉回来，磨些黄米面回来，你给做饭做菜，炸油糕，我去召集工友，把二旦家的房子盖起来。豆青在招待所里是不能住一辈子的，矿上对工亡妻子都是个这。过几天，豆青还得回来过日子，趁这几天把房子盖起来，豆青回来了，心里也是个安慰。要不然的话，等豆青回来，看见亮天的房子，心里不是更难受更恓惶吗？"

王姐说："好，你这想法还真是好。你这才叫身残志不残呢。"抱住丈夫的脸亲了一口。

周官冷冰冰地说："顶个毬用呢，毬也不顶！"

过去，矿上人盖房时，是多么喜庆、多么欢乐。煤矿人盖房，不用花工钱，你帮我我帮你，大家互相帮忙，房主家只需要伺候饭菜酒肉和油炸糕就行了。人们高高兴兴地干着活，说着笑话儿，那气氛是热烈的、放纵的。可这回不同了，盖房的工友阴沉着脸，眼里含着热泪，默无声息地劳动着。人们被死亡的气氛笼罩着，连走路声听起来都那么沉重、那么无奈、那么悲伤。

许多工友，天不亮就来了，在黑暗的夜里干活儿。到了中午，原来露天的房顶就已经抹完了第一遍大穰泥。这是全矿有史以来，盖房速度最快的一次。以往人们盖房，都是中午时才架好房梁，才开始放炮，喝酒，吃油炸糕。酒足饭饱之后，再在房顶上固定檩条，钉表皮板子，往表皮板子上抹大穰泥，抹完第一遍大穰泥，天也就黑了。

这回不同了，中午就抹完了第一遍大穰泥，下午就能抹第二遍大穰泥。房顶上多抹一遍大穰泥有好处，冬天保暖，夏天防晒阻热。周官坐在轮椅里，轮椅停在豆青家的小院儿里，周官不说一句话，嘴像锈住了，严严实实地闭着，看人们干活儿。

来了那么多帮忙的人，有的是听说后主动来的，有的是路过这里，知道了事情的缘由，就不走了。那么多人，如果中午都在周官家吃饭，显然是挤不下的，饭也不够吃酒也不够喝。有人就出去买了吃喝，也有人干完活儿，不声不响地走了。平时，煤矿人喜欢大声说话，像喊话一样开玩笑，可这回不同了，走与在的人，都是默无声息。那种沉闷，就好像暴雨前的沉闷，让人想象不到，将要来临的那场暴雨会是多么猛烈、多么令人震惊。

整个上午，人们听不到往日的说笑，只能听到固定表皮板子时叮叮咣咣的砸钉子声，那响声砸得人心颤。

中午十二点，小院里燃放起鞭炮和大麻炮，房子上顶时都要放炮，图吉利、图喜庆，这是习俗也是规矩。

大麻炮冲向天空，在天空炸响，天空上闪出一团一团的青烟，闪出一团一团火花。群山被震惊了，发出强烈的回声。

今天，工友的酒量好像特别大。酒是煤矿工人的好朋友，煤矿工人都爱酒，酒一下子就把煤矿人郁闷的心给打开了。煤矿人在喝酒的时候喜欢唱划拳歌。那划拳歌已经在矿上流传了好多年，不知道是怎样的来历，不知道是谁编的。那歌声是豪放的，是忧郁的，但并不哀伤。喝酒的工友说，二旦去了，让我们呼唤他，为他唱划拳歌，让他和我们一起喝酒，一起划拳，一起高兴房子盖起来了。于是，人们就同时唱起了划拳歌：

  一个丝丝那玛瑙油，
  哎咳咳咿呀咳，
  豆腐丝上来那是那咿呀咳，
  咱弟兄们哪吃酒划拳今天真痛快呀，
  散一散那个心来那是哪咿呀咳……
  巧到巧到巧到，那是哪咿呀咳……
  五亏五亏五亏，那是哪咿呀咳……
  快快快，清了杯……

  人们一口喝一大碗酒，好像电影里的土匪喝酒，好像梁山好汉喝酒。

  人们咧开大嘴，唱着吼着，周官家里和院子里，发出震天动地的吼唱声。已经远去的秦二旦，即使这会儿走得再远，也能听到工友们那撕破喉咙的吼唱声，也会被吼唱回来，和大家一起喝酒划拳。

  工友们举着酒杯，端着酒碗，流着眼泪。

  男人的泪，是大泪珠子，像大豆，那些大泪珠子，滚动在生死不惧的粗犷刚毅的脸上。

  太阳悬在正午的天空，把火热的阳光投向大地。一条一条的山峦被雨水切割得有棱有角，裸露出惨白的岩石如同巨大的骨架。

塞北的山不像南方的山，山上没有树，是秃山，看上去厚重、粗犷、壮实、坚强。

穿山风尖厉地吼叫着，好像很多人站在矿山里同时吹响了哨子。断墙残屋被猛烈的寒风刮出呜呜呜吱吱吱的尖叫声，好像有多少冤魂死鬼在哭号。

老人打了个寒战，浑身哆嗦了一下。老人睁开眼，看着丈夫的照片，嘀嘀咕咕地说："老头子，你冷了吧？你肯定冷了，我去端点煤，把火加旺，让你暖和暖和。"老人拿着簸箕，慢腾腾走出房门，来到小院儿里。老人望了望对面的北山坡，北山坡一片漆黑，没有一点灯火，只有大山黑乎乎的影子。这才没几天的时间，北山坡上就啥都没有了，只剩下了黑乎乎的大山，像怪物似的卧在那里。

过去，豆青总喜欢在夜里看北山坡，看看北山坡上闪亮着的万家灯火。那闪亮的灯火，从山坳里一层一层往上亮，一直亮到山梁处，真是壮观、好看。豆青想，大概站在北山坡上看南山坡，也是那样好看呢。

老人站在院子里，又向四周看看，南山坡全是黑乎乎的朦朦胧胧的山的轮廓。近处的断墙残壁，像地震过，龇牙咧嘴，瘆人。老人想，大概站在北山坡上看南山坡，也像自己看北山坡一样，过去那一层一层的灯光都不见了，只有黑乎乎的大山，让人心里发怵。这人世间的事情，说快可真快呀。曾经是满山满坡的住户，说走就全走了，走得真是太快了。老人记得自己在王姐家旁边盖房的时候，南山坡上的房子还是稀稀落落的。山坳里比较平缓的地方，是公家盖的青砖蓝瓦房。在一排排青砖蓝瓦房往上去的山坡上，稀稀落落地建起了石片房。房里住着从外地招来的农协工和他的临时户老婆孩子,豆青和王姐就是这样的住户。几十年过去了,豆青家的周围已经盖满了房子,沿着山坡一层一层往上盖,若不是因为吃水困难,恐怕山梁上也都盖满了房子。南山坡已经没有盖房的地势了,煤矿人就开始在北山坡上盖房子,北山坡的房子也快盖到山梁上了。

一位北京诗人看见山坡上那些石片房,屋脚踩着屋脊,房背靠着房背,层层叠叠地坐落在山坡上,很威严,很壮观,惊叹地说:"这可真是震撼人心的历史,这简直是布达拉宫!"

可是,将来谁还能知道这山上有过"布达拉宫"呢?

老人看看黑乎乎的远山,又看看近处那些怪兽似的断墙残屋,唉声叹气地说,别布达拉宫了,就是故宫,也啥都没有了。木料都让人们拆走了,只剩下一堵一堵令人寒心的石片墙,龇牙咧嘴,露着惨相。老人奇怪,这么大的风,咋就刮不倒那些石片墙呢?

老人端回家一簸箕炭,倒进铁炉里,铁炉发出轰隆轰隆的烧煤声,像火车声。煤是好东西,一燃烧,家里马上就暖烘烘地充满旺气,旺气冲天呢。丈夫活着的时候,她总是半夜起来往火炉里加一次煤,或者加两次,家里总是暖烘烘的。丈夫从被窝里爬出来,穿衣裳的时候就不觉得家冷了。煤是从矿上买的,小毛驴车拉着不多的煤,往人们家里送。丈夫下井回来,总要拾一布兜子炭,倒进柴炭房里。老人摘下墙上挂着的帆布兜子。布兜子是白帆布做的,年长日久,已经变黑了,布兜子的背带是一条军用腰带,背带已经磨毛了。老人把布兜挎在肩上,冲着丈夫的相片笑笑,说:"老头子啊,你看我背着你的帆布兜子好看不?你用过的东西,我都给你留着呢,等哪天咱俩见了面,一样不少,都还给你。"

老人颤颤抖抖地摸着洋箱说:"你看这洋箱,红红的,多好。

这红红的洋箱上,供着你,多好。想起认识你的时候看你那么健壮,我觉得你这一辈子是想死都死不了的,可你呀,唉……"

那一年,盖起新房,家里空荡荡的。家里没个家具摆设真不行,说话都轰隆轰隆地响。晋北矿区,家家户户都时兴大洋箱,用红油漆了,红红的,就显得家里很红火,同时也有辟邪的意思。红洋箱有多大,有单人床那么长,有单人床那么宽,一米多高,摆在墙根下,衣裳被褥都往里面放,里面很放货。为什么叫洋箱呢?是洋人带过来的东西吗?可能吧。后山的山沟里有个万人坑。日本鬼子占据大同煤的时候,在这儿开了矿,把死劳工和有病的劳工都往沟里扔,还有汉奸看着管着,有人从沟里爬上来,汉奸就挥动棒子打死那些只有一点力气的人,再扔进沟里。只能爬不能挖煤了,还要他们活着有啥用?

只有晋北矿区才时兴的大洋箱,是不是就是日本鬼子带过来的家具呢?

万人坑里的白骨把山沟都填平了,山沟里堆起了小山包一样的白骨堆。为了煤,他们闹死了多少中国人呢?

豆青觉得自己想远了,想不出个啥名堂,就不想了。说起来,这煤矿从解放前就有了,这煤矿给外面送去了多少煤呢?大概这里有多少座山,这煤矿就送出去多少的煤吧。

那年盖了新房,二旦找矿领导批了点木料,又专门回老家背来木匠工具,有时间就劈就砍就用推刨推,汗泼流水地干了半年多,做起一对大洋箱,用红油漆油了,家里就红彤彤的,旺气了。二旦真能受苦,下完井,还要干木匠活儿,都是费力气的活儿。劝他雇个木匠吧,可为了省钱,他死活不雇。唉唉唉,要是早知道他活得那么命短,说啥也不能让他受那么多苦啊,真是后悔死了!

家里的炉火着旺了，火光从炉盖缝里射出来，照得家里红彤彤的，就像年三十晚上在小院儿里点的旺火。煤矿不缺煤，大年三十晚上，家家户户的小院儿里都点旺火，顺着山势，一层一层的旺火熊熊燃烧，好像整座山都在燃烧，那么壮观，那么威风！大人孩子手拉手，围着自家的旺火转圆圈，这么转三圈，再那么转三圈，希望转得人丁兴旺。再过一个月就要过年了，山坡上的人家都搬走了，这山坡上就再也不会有人点旺火、转旺火了。今年的年三十晚上啊，这山里就全黑了。

煤矿不缺煤，其实说的是几十年前的事儿了。过去，人们从矿上买了煤票，小毛驴车就拉着煤往家里送。现在不行了，买了煤票，一年两年三年五年，也没人给送一车煤。谁能相信，挖煤人，居然缺煤烧？名义上矿上供应职工生活用煤，可那些生活煤早让煤贩子给拉走了。他们以煤矿生活用煤的价格，找矿领导批了条子，然后就用大卡车一车一车把煤拉到山外去卖给煤场。挖煤人居然缺煤烧，也难怪秦花这一代人对社会有意见，有看法啊。豆青想，这社会咋就颠倒了呢？

季风猛烈地撕扯着群山，撕扯着山坡上的残墙断壁，发出凄惨的声响，好像有很多人在哭泣。

丈夫走了，给豆青留下三个孩子，大儿子十六岁，大女儿十二岁，小女儿才五岁。豆青没有工作，没有工资收入，靠那点工亡抚恤金，一家人怎么活？

豆青擦干眼泪，对儿子说："虎虎，你今后一边上学，一边照顾好两个妹妹，妈到街办小煤窑下井去，去挣钱！"

豆青咬着牙，话音是从牙缝里蹦出来的。

虎虎说："妈别去，我去！"

儿子瞪圆眼睛，话音像敲钟一样响亮。豆青被震惊了，丈夫才死了没多少日子，儿子就从一个顽皮的孩子，突然就长大了，突然就懂事了。

"妈别去，我去！"

那一句坚定而响亮的话，真像敲钟一样，敲中了母亲的心，母亲的眼泪就唰唰地淌下来了。

豆青抹了一把眼泪，说："傻孩子，你周岁十五虚岁才十六，还不够招工年龄，矿上不要你。"

豆青穿着棉袄棉裤，站在罐笼里，打过钟，罐笼猛然下沉，人的心却猛地往上一提，怀着紧张惊惧的心情沉向几百米深的井下了。

这里的煤矿是高温区，小煤窑里也是高温区，常年是摄氏三十度，就等于这井下一年四季都是三伏天。工人在工作面里采煤，都脱光衣裳，只穿个三角裤衩，用矿灯照人的身子，身上的汗道子就像蚯蚓在泥地上爬过一样。在炎热的井下干活儿，男人能脱光衣裳，可女人怎么脱？这么热的高温工作面，别说是挥动大铁锹不停地铲煤，就是一动不动地站着，汗就不住地流，气就不够用。井下的黑暗对人的折磨是恐怖是窒息。矿灯的光束里，煤尘如同面粉一样飘飘荡荡、闪闪烁烁地翻飞着。井下工人年长日久地呼吸了这种气体，就得了硅肺病。直到有一天，他们并没有活完自己的天命，就被硅肺病给憋死了。更可怕的是，在黑暗中翩翩飞动的煤尘，随时都暗藏着杀机。井下若是通风不好，一旦遇到明火，就容易发生瓦斯爆炸，瓦斯爆炸又会引起煤尘大爆炸。

豆青在井下跟男人干一样的活儿。出井的时候，人走到大巷里，就觉得风很冷、很硬，不穿棉衣就容易感冒。特别是上井途中的那段斜井，五百多个台阶，就等于人们每天在经历了强体力劳动后,还要再爬三十层楼房。你爬过三十层楼房吗?啥滋味?而且是每一天。笨重而又沉重的雨靴,在黑暗中发出沉重的响声,橐橐……

女人下井难着呢,来例假的时候上了井不能到澡堂去洗澡,黑乎乎的往家走,若是不吱声,人们就不知道那个黑乎乎的人,是男人还是女人。有时候,豆青走到家门前不远的地方,看见儿子领着妹妹,站在小院儿门前瞭望着母亲,就想起了自己瞭望丈夫的情景。现在却轮到儿子来瞭母亲了,豆青想哭但没哭,故作轻松地冲孩子们笑,露出雪白的牙齿。

母亲笑了,儿子却哭了。

五岁的女儿不懂脏净,总是要扑进豆青怀里。可豆青却伸出两手,把女儿推开,怕弄黑女儿的衣裳。其实,豆青真想立刻抱起女儿,想抱但又不能抱,让大人和孩子都很难受。

小煤窑雇了退休的老工人在井下领着人采煤。他们用生命换来了采煤经验和安全经验。有那么几天,领着人们采煤的退休老工人董三孩说:"大家这几天心灵点,按我的判断,这个工作面可能要大顶来压,也可能要垮顶。大家要千万注意动静,注意安全啊。"有一天,大顶真就来压了,人们听到井下就像打雷一样,轰隆轰隆地响,渐渐的,响雷变成了闷雷。那声音好像慢慢走远了,工作面里变得死寂一样。大顶来压了,大顶压在一根一根柱子上,把地面挤压出一个一个圆包,像一口口倒扣的锅,地面翻翻裂裂,狰狞可怖。所有的柱子都在嘎喳嘎喳地响,很恐怖。董三孩扯开嗓子喊起来:"大家快跑啊……大顶来压啦……大顶要垮啦……"那是面对死亡的呼喊,那是恐惧的呼喊,愤怒的呼喊。

大家听到呼喊声,拼命往大巷跑。人们跑出工作面以后,互相询问,发现还有两个女人没有跑出来,一个是工亡妻子刘满贵的老婆，一个是张二喜的老婆。这让豆青没法儿安静下来，她不顾一切地转回身跑向工作面，想去找人。董三孩跟着豆青跑在后面，边跑边喊："豆青，你回来，你救不了他们……"豆青继续往前跑，刚刚跑进工作面的时候，听见大顶轰一声塌了，塌落的大顶挤出猛烈的风，把豆青仰面推倒了。在仰面摔倒的那一刻，她听到有女人从工作面里发出了惨叫，还隐约看见那两盏矿灯，轰一下就被砸灭了。在以后的日子里，她总是对人说，我迎面看见张二喜老婆一下子就被塌下来的大顶砸死了，脑浆都砸出来了，脑浆就像摔烂的豆腐。她反复说那些话的时候，眼里无神儿，好像患了精神病。就像人们看见的疯子，那种不打不闹的蔫儿疯子。

下井采煤，其实跟打仗一样，只不过打仗是有时间的，甚至是短暂的，而煤矿工作却是一种听不见枪声的长久的战争。在漫长的岁月里，煤矿人无时无刻不在经历着死亡、危险。

秦二旦死后接班指标批下来了，儿子秦虎还不够法定上班年龄，豆青就接了丈夫的班，当了国营煤矿的正式工人。矿领导问豆青想干啥？豆青说，去职工大食堂。

豆青就像王姐一样穿起白大褂，站在卖饭窗口，给矿工盛饭盛菜，好像是完成了多年前的一个夙愿。豆青目送着矿工来，又目送着矿工去，想起了住在村子里那白发苍苍的母亲，想跟母亲说说话，她觉得自己活得真难，真孤单，真无助……

穿山风尖厉地呼啸着，发出呜呜的怪响，好像很多冤魂死鬼在哭泣，在为谁哭泣。

老人用手背抹了抹湿乎乎的双眼，艰难地站起来，提着簸箕走进柴炭房。她狠狠戳了一簸箕炭，是狠狠的。平时舍不得烧煤，今晚要狠狠地烧，把过去省煤的心思全烧了，解解恨。

恨啥呢？她说不清恨啥，就只觉得是有恨在心。

戳炭费了太大的力气，现在连端簸箕的力气都没有了。她知道自己的生命力已经耗尽了，可能活不过今夜了。这一夜，咋就这么漫长呢？好像几十年、几百年。

寒风凛冽，刺痛了老人的身体。

俗话说：大同的风，一年刮两次，从春刮到冬。冬天的风尤为猛烈，常常是飞沙走石，常常刮倒房上的烟囱。可生活在煤矿上的人是那么倔强，就住在山坡上，不想搬到别处去。怎么能搬走呢？每到丈夫或者儿子下班的时候，妻子或者母亲，就站在自家小院儿门前，冲着井口瞭望着，搬到别处去，还能瞭见井口吗？还能瞭见儿子或者丈夫拖着疲惫的身子向自家门前走来吗？还怎么掌握着时间，把白瓷小酒壶盛满酒，温在搪瓷缸子里？还怎么看着时间，给丈夫烘烤窑衣，到时候叫醒丈夫？

一旦搬走了，过去的生活情景就都不存在了。

穿山风凄厉地尖叫着，像山坡上站了许多吹哨子的人，同时吹响了哨子。还有号，好像好多人在吹号，猛烈地吹。

老人已经非常疲惫了，但却不想睡觉，没有一点要睡的意思。她越来越觉得这是自己一生中，最后的一个夜晚了。

箱顶上滴答了一片蜡烛泪。老人哆嗦着手，点燃了一支蜡烛，坐在那片蜡烛泪上，真是"蜡烛有心还惜别，替人垂泪到天明"啊。

曾经给丈夫温酒的白瓷小酒壶就摆在相框旁边，已经摆在那儿好几十年了。老人把白瓷酒壶握在手心里，握来握去，好像在把玩一件价值连城的古董。

轰轰轰轰轰轰，是炉火的声音，是煤烧出的响声。煤这玩意儿，真有劲儿。

老人看一眼相框里的丈夫，闭上了疲倦的眼睛。

现在,在老人的脑海里,她想起了大女儿秦花,秦花曾经是多好的一个孩子啊。孩子一只手端着小碗儿,一只手从秋收后的豆子地里捏起一粒粒绿豆,拾满一小碗儿豆子,就跑到母亲身边,兴奋地嚷道:"妈妈,妈妈,我又拾满一碗绿豆!"

老人突然被尖尖的叫声惊醒了,眼前是忽悠忽悠的蜡烛,外面是吹哨一样的风声。老人想,我这心神恍恍惚惚的,怕是活不成了。老人觉得自己毕生的精力已经耗尽了,特别是女儿秦花的突然死亡,一下子就让老人觉得走到生命的尽头了。

秦花已经三十多岁了,还没有嫁人,她能嫁谁呢?谁又敢娶她呢?她又愿意嫁给谁呢?

她挣了那么多钱,也挣了那么多不好听的名声。她真不是小时候那个拾豆子的小女孩儿了。

女儿最终挣下了什么?有钱有车,但丧失了一条年轻的生命啊。

豆青想,女儿是什么时候开始对钱产生了如饥似渴的欲望呢?好像就是从矿上建起第一批楼房开始的。

矿上的山坳里,修整出一块平地,那块平地躺在已经干涸的山川河的河岸上。工地上的挖掘机不停地挖着,塔吊不停地吊装着建筑材料。工地上人来人往,日夜繁忙。

自从山坳里修整平地起,秦花就总是站在山坡上瞭望工地,后来就不由自主地到工地上去走走看看,有时候还坐在工地上发呆。五座楼房建起来的时候,秦花兴奋地对母亲说:"妈妈,咱们也去住楼房吧,楼房多好啊,有上下水,有暖气,有厕所,住楼房多好。住平房多受罪呀,尤其是冬天的夜里,家里炉火灭了,尿盆里的尿都冻成了冰。早晨倒尿的时候还得磕打磕打再磕打,才能把冻冰的尿块子倒出去。"

豆青看着女儿对新楼房充满渴望的样子，心里很难受，说："傻闺女，你当住楼房白住呀？咱们不是没有买楼房的钱嘛。"

过去，矿上的双职工和长期户的住房是分配的，不要钱。后来就出现了商品房，双职工住房也要钱了。

人们的观念变了，生活方式也变了。人们说男人有钱就变坏，女人变坏才有钱。人们已经不能固守着原有的德行，再那样生活下去了。

没钱买楼房，在秦花心里已经埋下了仇恨的种子。秦花暗下决心，自己一定要变成一个有钱的人。

儿女大了，找不到工作，是父母最揪心的事情。父母白天黑夜都在想：孩子没工作，不能结婚，不能成家，将来怎么办？有时候睡一觉醒来，忽然想起孩子没工作，心咚一下就亮了，睡不着了，瞪着眼，好像要地震了。

王姐和她女儿就是那样疯的。周官是个瘫子，王姐是外乡人，纯粹没有任何门路。王姐对孩子们说，你们只能考大学，考不上，就讨吃去吧，你妈和你爹是没一点办法的。王姐唠唠叨叨的，很不正常了。她说总觉得自己得了鼓症，肚子总是憋胀得难受，吃不进饭，吃进去也不消化，简直快要憋死了。过几天，又说自己得肝癌了，老觉着脾气大，肝儿难受。又过些日子呢，又说自己得了心脏病，心里说不出有多难受，老觉得心慌，心里很害怕。她不能听见别人有啥病，只要听见别人有啥病，她就说自己也有了啥病。医生说她可能有点精神不正常了。她说："我怀疑我真是得了神经病了，脑子里乱哄哄的，总是很害怕很害怕。"王姐大女儿没考上大学，真就疯了。看不住就跑，说是要到北京上清华大学去。真是绳子专捡细处断，已经是那样的一个家庭了，又逼出一个疯子来。王姐只能把女儿送到精神病院去。到了精神病院,医生和王姐聊着聊着,发现王姐其实已经是精神病了。医生说,我们国家穷困落后,比不得那些发达国家,特别是美国。在我们国家,只有光着屁股乱跑的人才被认为是精神病,就是老百姓通常说的神经病,其实是错误的概念,在美国,精神病是分类型的,像王姐,已经是轻度精神分裂症了,发展下去,很难说会不会疯说疯跑呢。得赶紧治疗,否则后果不堪设想。王姐去送女儿,结果和女儿一起住进了精神病医院。

看来,秦花是铁心要走自己认准的路了。她给矿长做了干闺女,在矿上揽工程,推销工矿配件,一年就挣几十万、几百万。

凭女人的直觉,豆青知道女儿早就把身子卖给矿长了。矿长比女儿大几十岁,可他们却能干出那种事情,真是让人羞耻。女儿来的钱不干净,豆青是一分都不花她的,不想花。

秦花整天在外面忙生意,不经常回家,即使是偶尔回来,也是半夜里,醉醺醺的。豆青就跟女儿生气,就劝女儿骂女儿。一个姑娘家,整天在外面醉醺醺地开个小卧车,不知哪一天就会做出啥事儿呢。

秦花醉眼惺忪地说:"您真是老糊涂了,像我爹下井,像您下井,能挣多大点儿钱?还看不明白呢。咱不往远说,就说咱矿上吧,矿长就不必说了,您看看哪个副矿长的儿子不开小卧车?哪来的钱,不都是贪污国家的?您再看看下井工人,死里逃生的,还得让区队长克扣奖金。现在已经不是过去那个年代了,过去大家都穷,都那么过,现在能吗?不能了。哥哥到现在都没工作,结不了婚,妹妹很快就要考大学了,靠您那点退休工资,啥用都不顶。矿上不管咱们,咱们就得自己想办法,自己管自己,现在本来就是一个自己想自己的办法的年代了,您还不开窍呢。"秦花停顿了一下,歇缓了一下激动的情绪,说:"想起小时候的日子我就害怕就伤心。过去缺多少钱,我现在就要十倍,二十倍,一百倍地挣回来,人们上坟烧纸钱,我要给我爹烧真钱,我要报仇!"

豆青说:"你这孩子喝醉了,说醉话呢。"

清明的时候,一家人去给父亲上坟。秦二旦的坟,在翻过山梁后面的北山坡上。迎着南山坡往山梁上走,走到山梁上,一眼就可以看见北山坡上有好大一片坟地,晋北矿的人死了都埋在那里。坟地里和坟地周围,长着很多小杨树。那些小杨树的年数已经不小了,可总是长不大,长一年是那个样子,长十年二十年还是那个样子,很可怜。人们管那种树叫老头儿树。

秦花开着三菱越野车,要拉着母亲到坟上去,母亲说:"我不坐车,我走着去。自从你爹死的时候,坐了一回小卧车就坐不惯,闻着汽油味儿就恶心就吐,不能坐,慢慢走过去还锻炼身体。再说了,这条路已经走了几十年,走起来很亲切。"

在坟前烧纸的时候,秦花拿出一整沓人民币,整整一万,那沓钱还箍着白纸条,刚从银行取出来的。

妹妹说:"姐呀,你这样做是不对的,是犯法的。"

秦花说:"我自己的钱,想烧就烧,犯谁家的法?"

妹妹说:"犯国家的法,你除了知道挣钱,啥都不知道。"

秦花说:"犯法就犯法,犯法我也烧。爹死得可怜,到死也没见过一万块钱,让爹能见到一万块钱,犯法我也值了。"

豆青嘀嘀咕咕地说:"你就祸害吧,啥时候祸害出事儿来,你就安静了,就挺尸了。"

豆青嘟囔着,拿了一些供品,给旁边一个荒坟上了供。怎么叫荒坟?因为里面埋着一个死在井下的后生,后生没结婚就死了。

后生死后,父母伤心过度,半年一个半年一个,也相继去世了。以后就没人给后生上坟了,坟就成了荒坟。豆青每次来上坟,都要捎带着给可怜的后生上点供品烧点纸钱……

那边怎么了?上坟的人都往那边跑,那边的山坡上聚集了越来越多的人。那些人乱哄哄的,那边的山坡上尘土飞扬。

那边的山坡上有一道很宽的裂峡,那道裂峡好多年了。山下已经被挖空了,山里到处都有裂缝,特别是北山坡上那道裂缝,已经被人们称作裂峡了。那么宽的裂峡,沿着山坡和山梁,不知延向何处。

跟着大人们来上坟的一个五岁小男孩儿,玩着玩着,就掉进裂峡里去了。掉进去的时候,尖锐地哭喊了一声。大人们听见了,跑过去的时候,孩子已经消失得无影无踪了。人们冲着黑洞洞的裂峡呼喊,无论怎么喊,黑洞洞的裂峡里,没有一点回音,没有一点孩子的回声。

山被挖空了,都裂了缝子,山上山下已经涵养不住水分了。下雨的时候,雨水就分段分片地流进裂开的山缝里,山上很难再长庄稼了。煤矿附近的农村人,原来吃井里的水。现在,水井枯干了,村庄里的人就不能继续生存在村庄里了,村民就渐渐地迁移了。一处一处的荒村,留在了光秃秃的晋北群山里,就好像古楼兰留下的废墟,将来,必定会引起人们无穷的猜想。

山下那道山川河早已干了,河床上到处都是奇形怪状的石头和煤矸石,到处都是破衣烂衫。曾经为井下负伤的矿工,治疗骨折的肢体模型,散乱在干枯的河湾里,那些惨白的石膏模型令人恐惧。

山是秃山,河是旱河,山下的水脉也被挖断了。季风把煤面子刮得飞飞扬扬,把天刮成黑色。行走在矿区里的人都缩着脖子,抬不起头来。别的地方刮场大风就张张扬扬地说是什么沙尘暴，你到煤矿去看看，特别是冬春两季，天天都刮大风，大黑风，像有妖气，那才是真正的沙尘暴。

秦花就是这么说的。秦花已经在大同城里买了一套一百五十多平米的楼房，跟母亲说过好多次了，让母亲搬到城里去。可母亲不去，母亲总是想不通，现在的年轻人，怎么就那么容易把生活了那么多年的地方说扔掉就扔掉了呢？山坡上的房子是自己亲手建起来的，真是舍不得离开，一旦离开，生命好像也就结束了。

秦花在矿上揽了工程，再转给包工头，从中挣一笔承揽费。给矿上推销工矿配件也不需要秦花出本钱，那些做工矿配件的老板大部分是温州人，巴不得认识秦花，给秦花买手机，买项链，买钻戒，拿出百分之二十的利润送给秦花，让秦花往矿上推销工矿配件。秦花很快就有钱了，很多钱。秦花知道自己把自己卖了，起初还心里难过来着，后来就迷醉在花天酒地的日子里了。

背地里，矿上的人叫她二夫人。喝醉的时候，她自己也管自己叫二夫人，流着泪叫自己二夫人。

"我二夫人……我二夫人……"泪水像雨一样。

豆青知道，女儿这辈子结不了婚了，她已经不能像一个正常的姑娘嫁出去，做妻子，做母亲了。女儿的钱来得太快了，可生活没走那么快，生活还来不及接受这个来钱太快的姑娘。事实证明，老人的担忧被应验了，尽管秦花有钱，有车，有楼房，可三十多岁了，还是孤身一人。

对于女儿的死，豆青早有思想准备，像对煤矿事故一样有思想准备。一个姑娘家，总是醉醺醺地开着车在公路上跑，能不出事儿吗？女儿还经常跟朋友一起吹牛，谁谁跑多快，我能跑多快什么的，全都乱套了。

母亲当然不希望女儿出事儿，但已经管不了女儿了。

秦花死在了高速公路上，去北京的高速公路上。她驾驶着一辆白色小卧车，以太快的速度钻进一辆大卡车的车尾里，大卡车把秦花的头给削下去了。

高速路，高速死亡。

塞北高原的季风，猛烈地撕扯着冰冻的群山，撕扯着矿山里的断墙残壁，发出凄厉的响声，好像有很多人在哭泣，在为谁哭泣。

呜呜呜……呜呜呜……哭声真响，哭声也真惨，真像有很多人在哭泣，可那么多人在为什么哭泣呢？

豆青想：哭啥呢哭，哭得人心烦死了。豆青看见自己嘟囔着，看见自己朦朦胧胧走出家门，走到山梁上的时候，就看见了北山坡上那一片很大很大的坟地，那里埋葬着很多死去的煤矿人。坟地周围和坟地里的小杨树一直都长不大，四十多年或者五十多年了，豆青觉得那些小杨树一点也没长高，一点也没长大，让人觉得很可怜。豆青认为，那些长不大的杨树，肯定是品种的问题。她顺着那条小路往坟地走，那条小路是煤矿人上坟时，一年又一年踩出来的，小路光秃秃的，路上没有一棵草。她来到丈夫坟前，跪下，给供台上摆了供品，点了三炷香，捏着几十年前给丈夫烫酒的白瓷小酒壶，倒了杯酒，然后就开始烧纸钱。纸钱熊熊燃烧，烧着烧着，火在豆青眼里竟然变成了大年三十晚上在自家小院儿里燃烧的旺火。她看见丈夫伸出双手烤旺火，自己也伸出双手烤旺火，夫妻俩相视而笑，心里美滋滋的。豆青想，原来丈夫没死，还是那么体魄健壮，让人一见就动心，就动情。豆青高兴地笑了，豆青说："要搬家了，搬到山外去，咱们一块儿走，你走吗？"丈夫没吱声，忽然就消失了。豆青明白了，丈夫是不想离开煤矿，丈夫不想离开煤矿，妻子又怎么能抛下丈夫，一个人离开煤矿呢？豆青想：那是不能的。豆青知道自己在做梦，想在梦中再一次见到丈夫，不想从梦中醒过来。

箱顶上流淌了一片蜡烛泪，蜡烛泪是坚硬的。

第二章
地层深处

晋北矿的矿井下突然发生了大顶塌落,目前还不知道井下的伤亡情况。

巷道里轰隆一声巨响,像打雷。

轰隆轰隆连续巨响,像连续打雷。就是那种携雷带电的巨响,震得整个巷道都在摇摆,震得六个人晃来晃去,站不稳身子。巨大的恐惧突然袭上每一个人的心头,大家说,坏了坏了,大巷垮顶了,大巷垮顶了。他们被埋在了三百多米深的地下,远离人世,很可能会死在深深的矿井下。或者说,肯定会死在深深的矿井下。

"快跑啊……"组长的喊声,声嘶力竭,充满绝望,就是那种绝望的咆哮。组长是个大个子,膀宽腰圆,是块受苦的好料。他快速地扫了一眼黑暗的巷道,在矿灯的光束中能看到纷纷落下的石头和翻飞的土雾。他没有看清黑暗的巷道里究竟有几个人,但他心里明白,一共六个。他想带领大家逃出死亡境地。他等了一下别人,又一次大声喊道:"弟兄们……快跑啊……"他拉开大步向着轰隆轰隆的方向跑去。他想跑出掘进巷。这条巷道已经掘进了二百多米,像高速公路上的一条隧道。巷道是从他们的后面开始垮塌的,这说明什么?这说明他们被截断了退路。巷道里雷声隆隆,其他人可能没有听到组长的喊声,尽管他从来没有那么大声地喊过。他感觉到有人跟着他往外跑,似乎也听到了混乱恐慌的喊叫声。但是,越往前跑,上面掉下来的煤石就越多。大顶塌落时扇起的那种飓风,呼呼地迎着他们冲来。那种风很厉害,大顶塌落时扇起的飓风会把人扇到巷壁上,摔成肉饼。有人曾形象地说,那种飓风如果把人扇到墙上的话,你得用筷子一点一点撅下那些血肉。他们知道,完了,肯定是跑不出去了。但是,求生的欲望是那么强烈,他们不想停下,贴着巷壁,躲闪着掉下的石头往外跑。垮塌的石头就像滑坡的泥石流,从外面呼呼涌来,他们往前跑,"泥石流"也追着他们跑,简直是在跑向死亡。不行,不能再往前跑了,再往前跑,不是被煤石砸死,就是被煤石埋没,想要求生的方向,已然是死亡的去向。他们不知道大巷是从什么地方开始垮塌的,垮塌区有多长,他们也不知道怎样才能逃出去。他们一边躲避着掉下来的石头,一边搬石头,想掏出一条求生通道。可是,纷纷落下的石头好像专门跟他们作对,你能掏走一块石头,我就能掉下十块二十块。迎着垮塌搬石头,太危险了,那种塌落的方式,好像是要把他们全部湮灭。

"往回跑……往里面跑……快跑啊……"有人撕破嗓子一样大声喊道。

他们扔下石头,回头往里跑,后面跟随着轰隆轰隆的煤石巨流。煤石巨流从顶板上一截一截奔涌而下,斜着涌来,像潮水一样追赶着奔跑的人。身后是一条决堤的河,汹涌的石头河。

他们跑一会儿停一会儿,停下来的时候,就仓皇失措地看顶板。他们根本不想往里面跑,因为越往里面跑,他们离人世越远。可顶板一直在往里面塌,逼得他们不得不往里面跑。顶板一段一段往里塌,他们一段一段往里跑,塌落的响声始终如雷鸣一般响亮,特别恐怖。塌落的煤石,最终把他们逼到了巷道的最顶端,前面是煤壁，已经再也不能往前跑了。他们就是从这个地方向前打掘进巷的，可没想到的是，后面的巷道突然垮塌了，这等于他们给自己掘进了一条死亡巷，他们得死在里边。

这里没有东南西北，周围全是黑洞洞的煤壁，像一个黑暗坚硬的盒子。他们不知道自己被困在了哪里，他们迷失了方向。其实，在这里想找到方向是荒谬的，没有意义的。这是一种绝望的黑暗，它会彻底毁灭人的各种希望。人们慌慌张张，惊惧不安，互相碰撞，寻找自己还活着的感觉。他们用这种碰触肢体的方式，给自己壮胆子。唯一让六个人感到庆幸的是，他们的生命没有在巷道塌落的第一时间就彻底结束，没有在惊心动魄的轰隆声中被砸得粉身碎骨或者被煤石淹没。他们什么都不能做，上面是岩石，下面是岩石，左右是煤壁，前面是煤壁，后面是塌方，他们被困在了地层深处，想出去，已经完全不可能了。

"咱们还能活着出去吗？"最年轻的一个后生抖抖颤颤，不知是在问谁。他叫周长生。周长生说："完了，就这么完了，我还没结婚呢，就完了。"

"也许能活着出去，如果出不去的话，那也是命里注定的事情。我们只能听天由命了，只能听凭命运的安排了。"组长呼呼喘气，惊慌失措地说，"你们听见那种轰隆轰隆的响声了吗，响声一会儿大一会儿小，一直在响，说明我们被塌下来的东西给堵住了，说明大顶一直在塌落呢，要是再往我们这边塌过来，我们肯定就活不了了。"

六个人哆哆嗦嗦地待在大巷末端，幸运的是，大巷末端还有六七米长的距离没见塌落。他们仰起头，用矿灯察看大顶，上面是平的，像房顶，就像一间房子，给六个人留下了一个暂存的空间。他们知道，如果这间房子也开始塌落的话，大家就会全部被埋没，必死无疑。

组长说:"不行,我们不能在这里等死,我们得想办法活着,等外面的人来救我们出去,外面的人肯定会救我们的。"

他们战战兢兢地待在暂时还没有垮塌的六七米区域里,这块区域的断面是四平米,高是二点六米,真像一间房子。但这绝不是一间安全的房子,因为他们是被垮塌的石头追到这里来的。而跟踪着他们的垮塌,正在趁着黑暗,向他们一步一步逼近,很难说哪一刻就会全部塌落下来,这"房子"就变成了棺材。这是六个人都清楚的一个可怕的结果。没有人能阻止垮塌,人在大自然面前,真是太渺小、太脆弱、太微不足道了。

不再有逃出去的想法了,但也不能失去活下去的信心。

他们互相问道:"怎么办,我们该怎么办?"

大家开始搬运石头,想垒起一道石墙,顶住还没有垮塌的顶板,拦住垮塌过来的煤石。六个人,从垮塌的地方抢运石头,躲避着不断掉下来的石头。两个五十多岁的老工人最先感到身体发软,气不够用,像有人用毛巾捂住了他们的嘴和鼻子。他们知道这里缺氧了。两个老工人弯着腰,张大嘴,哈哈地出气吸气,头晕目眩,浑身冒虚汗。

"大家镇静一下,别干得太猛了,这里已经缺氧了。"组长也是张大嘴喘气,说话有点别扭。

两个老工人最终因为缺氧而躺倒了,躺在硬邦邦的地上,腮帮贴着地面,张大嘴喘气,身体扭曲得像大虾。这的确很危险,忽然有一口气捯不过来,人就断气了。

他们终于砌起了一道一点五米厚,二点六米高的石墙,顶住了顶板。也许这道石墙,能暂时顶住顶板,但如果继续垮塌的话,这道石墙还是不能解决死亡的问题。还能听到轰隆轰隆的闷雷声,甚至能听到石墙那面滚落的石头声。那种声音，让人肝胆俱裂。

在三百多米的地层深处，周围全是坚硬的洞壁，你绝不会从这里或者那里，找到一点点缝隙，那种无奈，是多么无奈的恐惧，需要怎样的人来面对这种恐惧？

轰隆轰隆的响声有时大有时小，好像是那坍塌的响声正在利用黑暗的掩护，偷偷地向他们袭来，要摧毁他们的最后这一座堡垒。他们听着滚动过来的闷响，吓得挤在一起，连出气都变得十分小心，害怕大声出气会引来灭顶之灾。

大概过去好长时间了，也许是两天或者是三天，一直没有听到塌落的轰隆声，巷道可能已经塌严实了，一点声音也听不到了。死寂更折磨人，更让人害怕。在寂静中等死，清清醒醒地等死，更恐怖。

他们渴了，开始找水。没有水。没有水，在里边是坚持不了几天的，但是，在这垮塌的巷道里，根本找不到水。

没有水，一点水的痕迹都没有。

平时，下井前，他们在井口把肚子喝饱，然后再用矿泉水瓶子灌一瓶家里人熬的绿豆汤，或者就灌一瓶白开水，带到井下。他们的工作时间绝不是八个小时，从家里出来，走向井口，有人上山有人下山，气喘吁吁地走进井口更衣室，换上工作服，有的人可能刚在家里穿上衣服，可现在就又得脱衣服了，每天都要穿好几次衣服，脱好几次衣服，这就真够麻烦的。穿好井下工作服，然后再穿上黑胶皮雨靴，靴筒子很高，到膝盖边了，就像骑兵的马靴。工人们一旦把脚蹬进靴子里，就开玩笑地说："呵，这百十来斤儿呀，又不是自己的啦。"他们坐罐笼下井，然后再坐电车到工作面附近。从电车下来走进工作面，有时候要走一两个小时。黑洞洞的巷道里，忽闪忽闪的矿灯，他们要在里面干六个小时的活儿,这就是煤矿工人的工作时间,每个班至少需要十三四个小时,不带一瓶水可真不行。可现在,来时的巷道塌了,堵死了,水都放在大巷进口的地方,他们已经到不了那个地方了。

老工人李富坐在地上,脊背靠着巷壁,绝望地说:"周长生有文化,你给大家写纸条吧,看谁想说啥,把主要的一两句写上。"

周长生说:"嗨嗨,你那不是自己哄自己吗?写了遗书,让谁给你送出去?再说了,这黑洞洞的地方,到哪去找纸和笔?"

的确没有纸和笔。因为他们并没有想到要死在井下,要在井下给自己的亲人写遗书。尽管他们知道井下有危险,但他们没做那种准备。

在外面开皮带机的王贵贵突然觉得有点疑惑,里面的人怎么了,怎么好长时间不喊他开皮带机,不往外拉东西了?他猛然想起刚才听到了一声若有若无的闷响,就是闷闷的"嗡"的一声,还有一股风吹了出来。他突然惊悸了,顾不上再想什么,拔起腿就往巷道里跑,当他跑进一段距离时,突然看到大巷垮塌了,垮塌的岩石已经死死地堵住了整个巷道。那一刻,他感到浑身的血液,一下子就凝固了。

他转身跑出巷道,接通队里的值班电话,声嘶力竭地喊道:"机掘队漏顶啦!"

他没顾上再说第二句话,扔下电话,又跑到巷道里,拼命地往开搬石头,想搬开一条生命通道,救出里面的六个工友。就在这时,垮塌的大顶又向王贵贵这边垮塌过来,他躲一会儿石头搬一会儿石头,几乎要急死了。他一边搬石头一边向里面喊,里边没有人的回声,只有轰隆轰隆的塌落声。他这边,也开始塌落了。

他几乎是被一股飓风扇到了外面。他弯着腰，又向里面跑。

消息传到井上，一位退休老工人，听说掘进巷垮顶了，当时就吓死了。他的儿子是井下电工，昨晚去上夜班，现在还没有出井。这位在煤矿工作了一辈子的老人，在井下也许经历过许多次危险，都挺过来了，可轮到自己儿子的时候，他却没有挺住，被井下事故揪走了一颗苍老的心。

"从现在起，我们得把矿灯都关了。"组长说，"只点一盏灯，点灭一盏再点下一盏，我们得做好长期准备，等待营救。"

周长生躺在组长的大腿边，感觉到了一点活着的气息。他说话的声音还带点孩子音，说："不知道，我们已经埋在这里多长时间了。"

这里没有时间，因为没有白天和黑夜的交替，这里只有黑暗，永恒的黑暗。最多的时候，是死寂，没有人说话，都在睡觉，大概都希望就那样永远地睡下去。睡着死去，少了恐惧。

"真渴，真想喝水，哪怕就喝一口。"周长生嘟囔着，没有人回答他的话。凝重的黑暗好像把活人的气息给凝固了。尽管有一盏矿灯在亮着，但在黑暗的包围下，那盏矿灯终将会熄灭，而且剩余的矿灯也同样逃脱不了黑暗的命运，这让周长生感到绝望。他有点生气地说："做好长期准备？这已经就快渴死了，哪还能长期呢？我倒是想长期呢，可没有水，没有吃的，拿什么长期呢？"

黑暗中，有人说："你个小家伙，这种时候还耍孩子脾气，你以为你是在哪儿啊？你是在坟墓里，就是盗墓贼都找不来的坟墓里，你知道吗？我告诉你，我们只能等着外面的人来救我们，我们自己肯定是没有出去的能力了，省点劲吧，坚持的时间越长才越有活的希望呢。"

在没有水，没有食物的时候，节省生命力是非常重要的，这是大家都明白的道理，即使说话多了，也是对生命的消耗。但这里有六个活人，时间长了，没人吭声，行吗？那种沉寂的黑暗，会把人憋死。

李富挣扎着坐起来，然后又蹲下，把胶壳帽放到地下，他想接一泡自己的尿。可他费了好大力气，才努出了一点尿，又努出了一点尿，他把努出来的尿全喝了。他觉得尿里有股头油味，有点咸，有点涩。他已经五十了，原来一直是井上的木工，因为家庭困难，主动要求下井，想多挣点钱。李富的妻子是临时户，一直没有工作。大儿子三年前当兵给人送了八万块钱，那些钱全是借的，现在还欠了一屁股饥荒。小女儿正在上小学，同样离不开钱。昨天，就在他临出门的时候，九岁的女儿还仰起脸，看着爸爸叮嘱道："爸爸，下井的时候，一定要注意安全啊！"可是现在，和自己一起下来的五名矿工，突然就被埋在地下了，突然就不安全了，他嘶哑着嗓子说："大概我老婆孩子，这会儿正在井口边哭喊呢。"

他们能想象出来，这两天，井口边一定站了好多人，有男人有女人，还有老人和孩子。他们白天黑夜，都在那里站着，盼望着自己的亲人能走出井口，回到他们身边。他们在黑暗中遥望着自己的亲人，真想回到井上去，回到太阳或者月亮下面，回到家里，回到草地上和山坡上。

生活在今天的人，手机已经是人人配备的一种生活工具了，是生活中不可缺少的一部分。可下井工人不允许带手机，井下不允许有手机。被困的人们当然想到了手机，要是有手机的话，他们会给家人打个电话，说说目前的情况。假使这个情况发生在别处，比如施工塌方什么的，他们会用手机和外面取得联系，和亲人说说情况，可井下的情况，一点也说不出去。当然也想抽烟，但烟也不准带到井下。火源不能带到井下，有可能产生火源的东西都不能带到井下。下井工作，好像是一种被管制的工作，一种枯燥的工作。一旦下到井下，就算不出事故，井下和井上也已经彻底断开了，成了两个世界。

世界上的任何一种工作，都不像井下工作那么危险。没有勇气的人，是干不了下井工作的。

李富说："现在最让我不安心的事儿，就是我拉下的那些饥荒，我要是死了，不就把那些借给我钱的人给坑了吗？"李富说话时，发出丝丝嗓音。他虽然喝了自己的一点尿，但觉得那点尿根本不解决问题，仍然渴得厉害，心烦意乱。他很痛苦地说："我老婆连工作也没有，咋还人家的钱呢？我儿子当兵回来，等了一年多，又花出好多钱求人帮忙，才好不容易安排了工作，一个月挣不大点儿钱，你让他们拿啥打饥荒呢？我啊，可真是死得丢人啊！"

黑暗中，没有人能看见他痛苦的表情。

"你还顾得上想那些啊，快别瞎想了，死个安静算啦。"有人在黑暗中劝李富。

"现在嗨，"有一个人带着鄙弃的口气说，"为了钱，奇怪的事情已经越来越多了。不知道你们听没听说过，有个妇产科医院，大夫护士为了挣钱，他们和奶粉公司的推销员勾结起来，等孩子出生以后，他们不让母亲给孩子喂奶，他们给孩子喂的第一口奶就是那个公司的奶粉。孩子吃了奶粉以后，就开始抵制母乳了。想要喂活孩子，就必须得买他们的奶粉，你说他们多缺德？为了钱，你说她们多坏？你说现在人怎么这么坏？你又不是故意要坑别人那点钱，你又不是那样的坏人。"

"那样的坏人，应该枪毙一批，再枪毙一批，全把他们枪毙了。"黑暗中，有人咬牙切齿地说，"唉，要是细想想呢，咱们下到井下，为那些狼心狗肺的人挖煤，死在这里，真不值得。"

"我们不能跟他们比，他们没良心，可我们不能没良心。"李富说，"我心里真的是不好受呢，你说人家借给我钱，不都是好心好意吗？可我到死都没能还给人家，你说我心里能好受吗？"他好像是在有意地拷问自己的灵魂，看看自己的灵魂里，在临死前，还能留下多少高尚的东西。

"唉，这年头儿啊，说起钱来，谁不麻烦？"黑暗中有人唉声叹气地说，"像我们这些挖煤人，活了今天保不住明天，虽然比井上能多挣点钱，可谁家的钱够花，谁家能买起房子？有了大病都看不起，我们就是跑得再快，也追不上时代的脚步了。"

"怎么活也得活，活着就比死了好。"又一个人说了一句，停顿了一下，"我们活着，受苦挣钱，一家人有说有笑的，多好。哪个朝代都有穷人，穷人过着自己安安稳稳的日子，也不是啥坏事情。我们得看开呢，要不谁都活不下去。说到底，人就是个怪物，就是个能理解人生的怪物。比如现在，又饥又渴，咋办？不是还得硬挺着？不管遇到什么事情，能挺住的人，才叫人呢。"

饥饿好像已经过去了。开始的时候，大家感到饥饿难受，但随着时间的推移，饥饿已经有几分疲劳了，不那么折腾人了。但渴的感觉却越来越严重了，大家感到嗓子火辣辣的，浑身难受，已经站不起来了。

"真想喝一口水就死了。"有人在黑暗中说。那个人拍了一下巷壁，硬邦邦的，没有一点缝隙。他已经是第三次这样拍巷壁了，每一次都拍出一种绝望的感觉。

大家渴得头昏眼花。他们好像觉得自己的身体已经被耗干了，假使用火点一下，就会哗一下燃烧起来。

听着有人说话，睡觉的人都醒了，其实，他们希望有说话声，或者有一点别的声音。如果有一点别的声音,他们就有活的希望了。可是,地层深处没有声音。

组长打破沉默说:"反正我们也没啥可干的,咱们就开个小组会吧,大家有啥,都说说,都说出来,就是死,也死个痛快。"

沉寂,长时间沉寂。

没有人说话。

能说什么呢?

还能说怎么干工作的事情吗?

在这种时候,再说干工作的事情还有意义吗?已经没有一点意义了。

要说也只能说,是工作把他们带到这里来的。

他们打的掘进巷打到这里的时候,遇到了火成岩。这是火山爆发时留下的地质结构,掘进工人最不愿意遇到的复杂的地质结构。这种地质结构最危险。有时候,碰到坚硬的岩石,钻机会哗哗地打出火星,进尺缓慢,甚至停滞不前;有时候,有的地方遇到了水,那些地方被水浸透,就变成了泥,一抓就能抓下一把来。这种复杂的地质结构,容易塌方,发生危险。可是,为了采掘煤炭,井下工人是经常需要和危险打交道的,这是由他们特殊的工作性质所决定的。每一次从井口出来,他们都会在心里说:"哦,又活着出来了。"这时候,他们会抓紧时间猛抽烟,抽完一支,再点燃一支,烟灰都顾不上弹掉。弯曲的烟灰那么长,太长的时候,就自己掉了。他们一边大口大口抽烟,一边使劲地看太阳,非常贪婪。可是,这一次,也许就没有那么好的运气了,见不到太阳了。

等着大家说话,可没有人说话,组长知道大家情绪低落,已经低落到了不想说话的程度。组长想给大家鼓鼓勇气,鼓起生存下去的勇气,就说起了自己的经历。他十八岁就当了下井工人,至今已经在井下工作了二十五个年头。这是第二次遇到大巷垮顶,第一次是六年前,在大采高走巷,大巷突然垮顶,被困十一人,十一个人踩着塌落的石头,磕磕绊绊地逃出了垮塌区。但这次和上次大不一样,垮塌的岩石已经把巷道严严实实地堵死了。这意味着什么?这意味着彻底封死了他们生还的道路。他明确地知道现在是一个什么结果,可他没那么说。他说,那次运气真好,十一个人全都逃出去了,没有一个死的,只有个别人被石头砸伤了头,或者砸伤了这里那里,那次运气可真好啊。

"恐怕这次就没有那么好的运气了。"李明义冷冷地说,"在井下工作,谁也不敢说运气就总是那么好。"李明义已经五十二岁了,再有三年就退休了,就不用再下井了。他说:"我不能死,我已经死过一回了,去年在井下坐电车,钢丝绳断了,跑了野车,把我甩了出去,差点摔死,摔得我半年多变不过脸色,这回我绝不能死。我孙女才四个月,还没学会叫爷爷,我还没听着孙女管我叫爷爷呢。我二儿子二十四了,还没结婚。为了给儿子挣钱娶媳妇,我老婆四十九了,现在还在广东打工呢,管吃管住,一个月挣九百块钱。我死了,他们就更过不上好日子了,别说我不能死,就连退休我都不想退啊。那点退休金,更是一脚踢不着,踢着找不着。平时,我不止一次地想过总会有这一天的。明知自己总会有这一天,可我还是干到了这一天,我没让这一天吓住过。咱们煤矿人都一样,没有人被死亡吓住过。"李明义两眼发红,眼眶里储满了泪水,躺在地上。奇怪,自己已经快要渴死了,怎么还会有眼泪?他抬起左手比画着说,没有人能看见他比画着的手上短了一个小拇指。

赵大海,已经五十四岁了,完全秃顶了,像一个小老头儿,如果这次死不了的话,明年就可以退休了。但意外的是,突然被垮塌的大顶埋压在了掘进巷里。这里,前面是煤壁,后面是垮塌,垂直向上，距离地面三百多米。他觉得自己已经是阴曹地府的人了。可他却说，我们如果渴不死的话，就一定死不了，就一定能活着出去。

周长生想，说是这么说，可他分明觉得自己的身体正在逐渐干瘪，浑身的细胞正在一个一个地干瘪。他的感觉没错，他们每一个人都已经严重脱水了。脱水是由细胞外液减少而引起的一组临床症候群，严重时会出现体液电解质紊乱而导致死亡。他想自己现在已经不光是细胞外液减少了，应该说，细胞内液也减少了。他是大学毕业生，懂得那些科学常识。

"我们不能死，我们都不能死。"组长说，"等我们都出去了，我出钱，请大家喝酒，都喝醉了。日他奶奶的。"

大家好像兴奋起来了。

黑暗中，能听到这几天来少有的动静，这里响响，那里响响，不知道是些什么响声。

也许有人在咀嚼煤块儿，也许有人就像喝到了酒在咂嘴，或者是，有人挣扎着，往起欠了欠身子，发出摩擦声。

这是一种热爱生命的动静，表明生命还在，他们还活着。

在外面开皮带机的王贵贵，正忙着搬开堵死巷道的石头。可当他看到了救援的人群时，突然浑身瘫软了。他索性坐在地上，默默地掉眼泪。

抢险的人越来越多。无论是干部还是职工，没有一个人需要别人指挥着干这干那，大家都能找到自己的位置，都在尽自己百分之一百二十的力量。

为了埋压在里面的六名矿工弟兄，大家都拼命了。

生命探测仪探测出了生命迹象。

立即在巷道里打立柱、架设无腿棚子,加强现场支护,保证抢险人员生命安全,避免发生次生事故。这个时候,顶板还在继续塌落。

人们大吼大叫:"里面有我们六个弟兄呢,一定要救出来。"

钻机发出哗哗的响声,顺着垮塌巷往里面打钻孔,希望打通钻孔,输送氧气,输送流质食物。

下午六点,距大顶塌落已经整整十二个小时了。大顶再次来压,推倒了三架支护棚子,情况十分危险。现场是这样的,假使抢运走一小平车石头,上面就会倾斜下一大卡车石头,三百多米的地层,足够往下掉石头。人们躲避着上面掉下的石头往里冲,但根本冲不进去。人们连班连点不上井,恨不得趴在地上用手刨,刨出一条救生通道。一编织袋子一编织袋子的馒头从井上送到井下,还有咸菜。黑手抓住馒头,馒头上就出现黑手印。井下已有二三百人在抢险,大家都互相推让,都说我不饿我不饿,你们吃你们吃。

抢险,让所有的人都亲如兄弟。

沿着垮塌巷往前挺进的办法肯定是行不通了。你往外掏一块石头,上面就疯狂地塌落下更多的石头。两天的抢救,几乎是一个无效的抢救。怎么办?人们都说这可怎么办?

有人上了井,马上就被人群围住了,大家七嘴八舌地问:"怎么样,下面怎么样?"上井人无法回答人们提出的问题,他只能说:"正在抢险呢,大家正在尽力抢险呢。"

终于,有一个老工人似乎是接受了神的指点,想出了一个最科学、最理想的抢救办法。老工人用手比画着说,从垮塌巷旁边,向侧面打巷,打出去一段距离,然后再直角折回,和垮塌巷并行前进。就是说,要打进去的营救巷道和垮塌巷道,就像两条铁轨,形成并行关系,绕过垮塌区,再向有生命迹象的地方开通巷道,把六个矿工营救出来。这简直是一个了不起的艺术想象。

问题是,压在里面的人,能坚持到打通巷道的那个时刻吗?

组长说:"因为工作的事情,我过去没少骂过这个那个。现在想起来真后悔,真不应该,我真应该和大家好好说话,好好相处。我给大家赔礼道歉了,我过去有啥不对的,大家就原谅我吧。"

有人在黑暗中发出一声长叹,那意思好像是说,你别说了,我已经原谅你了,死亡已经原谅你了。

李富强打精神摆了摆那只短了一个小拇指的左手,很厌烦的样子。李富说:"你就别再说过去的事情了,我们已经回不到过去了。大家都是快死的人了,谁还计较那些?我看大家都不计较了,对吧?再说了,我们能活着在一起,死了还能在一起,也是缘分呢,别人谁有我们这样的缘分呢?"

有人叹了一口气,伤感。可没有人能看见那张伤感的脸。

凝重的黑暗遮蔽了所有人的面孔,遮蔽了所有的一切,谁也看不见谁所处的位置,谁也看不见谁蜷缩成一个多么可怜的样子。永恒的黑暗正在把人们逼疯。大概是又睡醒了一觉,睡觉的时间越来越长。睁着眼和闭着眼都一样,都是黑暗。干渴、饥饿、黑暗,伴随着恐惧,消耗着人们的生命力,生命力越消耗得多,睡觉的时间也就越长了。这里没有时间,他们不知道自己现在睡醒一觉是多长时间。但他们很珍惜睡醒的那一会儿,睡醒的那一会儿,能说明他们还活着。他们珍惜活着的时间,那种珍惜的方式,就是没话找话。他们不能就那样不吱声地死去。

"现在想想,还真是奇怪呢。"李明义停顿了一下,要想想往后的话该怎么说。"过去你骂我,我真是恨死你了,我总觉得我都这么老的老汉了,因为点儿工作的事情,你怎么就能那样骂我?

那时候我真恨不得你赶快死了。"他又停顿下来,嘶嘶地喘气。"可是现在想起来,真是一点也不恨了,恨不起来了。现在我恨不得能替你死,让你赶快上去,告诉我家人一声,我到死都是一个坚强的人,到死都没有哭鼻子抹泪。真的,要是能替换的话,我宁可把你替换出去,让你出去,让我死在这儿。我毕竟比你多活了十多年了,比起你来,我已经够本儿啦。"话音的最后是一声长叹。毕竟,不到死的时候,谁也不想死。人,只有到了知道自己要死的时候,才能真正知道生命只有一次是什么意思。

"李师傅,"组长强调了一下说,"不行,你还没听到你孙女管你叫一声爷爷呢,你得听她管你叫一声爷爷,还是我把你替出去最好。"

"都是瞎说八道,谁也替不了谁,能出去就都能出去,不能出去就都得死在这儿!"

人们知道周长生说的是实话,小伙子不愧是大学毕业生,能直率地把严酷的现实告诉大家,希望大家能抓紧最后的机会,来理解和回味人生。

"我不知道你们过去咋想,反正,自从我要当下井工人那天起,我就想过总有一天会在井下出事故的,可我没想到会出这样的事故。"说话的人停顿了一下,气喘吁吁地说:"问题是,我们现在被塌落的大顶给彻底堵死了,根本出不去了,已经没有一点生还的希望了。"

"说别的都没意义,你们现在谁要是能给我尿一泡尿,让我喝了,我给他一万块钱。"

"你真会开玩笑,我们现在已经快死了,钱还有用吗?告诉你吧,钱在这儿,已经毫无用处了,你们说是吗?"

组长说:"小周,你来矿上当工人好长时间了,可我们一直没好好聊过,也算是老天爷给了我们一个机会,咱们好好聊聊?"

周长生说,我在大学学的是采煤系,可毕业以后,并不想下井,或者说就是害怕下井,反正是讨厌下井。父亲下了一辈子井,我从父亲身上看到了下井的脏累和可怕。他说自己报考采煤系的时候,完全是出于能不能考上大学的考虑,采煤系的录取分数要比其他专业低,那种分数上的照顾,就完全能说明采煤行业有问题,有危险。他按照自己的情况报考了采煤系,并不是真想当一名采煤工,不过就是想上大学而已。大学毕业以后,跟着流行趋势,他也到北京去混了一段时间。但那个地方不是谁想混就能混下去的,满大街走着的年轻人都是大学毕业生,还有硕士生。想想看,谁都不想干一点实实在在的活儿,谁都想一有工作就干那种干干净净的动点脑子的活儿,世界上哪有那么多轻松的活儿来等着年轻人呢?可是现在的年轻人,不都是那么想的吗?大家都往北京挤,还不把北京给挤破了?睡地下室,睡立交桥下,睡屋檐下。他说,到北京漂的好处就是,闹清了人应该怎么活,才能活出自己来。恰恰就是这个时候,有人跟他说,你是采煤系毕业生,矿上优先招工采煤系毕业生呢,你不回来试试?他回来了,问他爸干不干。他爸不表态。一个父亲怎么能痛痛快快地对儿子说,你去下井吧。一个父亲又怎么能说,你别去下井了,下井太危险。这两种话都不好说。要决定,只能自己做决定,自己已经是一个成年人了,自己的事情自己不做决定,要靠谁来做决定?可是现在,真正遇到危险了,他才觉得父亲当时没表态是多么沉重,那是对待儿子唯一的一种选择。他下井了,这是自己的选择,没有什么好后悔的。人类在向大自然索取什么的时候,总是要和大自然做斗争,是要付出代价的,这没什么好后悔的。他停了一下,长时间地凝视着黑暗,说:"要说后悔嘛,就是后悔我还没结婚呢,要是这次死不了,我出去就和我女朋友结婚,请大家喝喜酒。"他在黑暗中笑了,但谁也看不见。

但是,他们正在黑暗中渐渐死去,这是不能怀疑的一个事实。

他们听不到一点声音,也就是人的哭声除外。

组长的妻子叫刘桂花,出事故的那天上午十点,她听邻居说井下掘进巷垮顶了,急忙打了出租车到了矿上。在此之前,他们家一直住在矿上,去年搬迁到了棚户区改造的楼房里,刚刚过上了住楼房的好日子。可好日子才过了一年,就发生事故了,这让她怎么能不心急?过去住在矿上,每到丈夫下班快回家的时候,她就把做好的饭菜热在锅里,把白瓷酒壶温烫在盛着开水的大搪瓷缸子里,然后就站在山坡上瞭望丈夫。煤矿的女人,都是那样瞭望丈夫的;煤矿的母亲,都是那样瞭望儿子的。可是现在,她觉得自己离煤矿是那么遥远,恨不得坐颗导弹飞过去。她到了丈夫单位,问人们是不是出事儿了?没人跟她说话,她当时就吓得昏过去了。她被送进医院,被抢救过来时,才知道六家的家属都被安排在医院里。她说只要丈夫能活着出来,哪怕打断胳膊打断腿,她伺候丈夫一辈子。"可就是别死啊!"她不住地说。

周长生母亲住在别的矿,离儿子下井的煤矿二十多里,听说晋北矿发生了井下事故,就给闺女打电话,直接问女儿:"你弟弟咋样啦?他活着没活着?"

闺女说:"弟弟没出事儿,他在井下参加抢险呢,不能接电话,不能跟你说话。"

"你别骗我了,你爸爸下了一辈子井,让我担惊受怕了一辈子,你弟弟真的是参加抢险去了吗?你真的没骗我?"老人的语调越来越急迫、越来越衰弱,充满了恐惧。

这时候，周长生姐姐只知道弟弟还压在井下，不知死活，已经哭成了泪人。她强忍着痛苦，瞒哄着母亲。她说："真的，全矿的人都参加了抢险工作，都全力以赴地要救出下面的六个人呢。"煤矿人，他们经见过太多的死亡和危险，他们真能承受又难以承受。周长生母亲不相信闺女的话，坐着绿皮火车来到了晋北矿。大家见了面，都没说话，不知道该说什么，只有哭，只有哭。

大家都在哭。

周长生父亲，下了一辈子井，也曾在一次垮顶事故中因为跑得急，摔倒在一个小凹坑里，结果被一块大石片盖住了，后来是许多石头盖了上去，居然没死，捡了条命。现在老人退休了，为了给儿子攒钱娶媳妇，还在外边的一个县份打工呢。当他听说儿子的掘进队垮顶了，打上出租车就往煤矿跑，可是，当他跑到煤矿边缘的时候，却不敢直接到儿子下井的矿上去，一步也不敢跨进那个矿。他跑到了闺女家里，好像是跑到闺女家去避难。在心理上，老人还真是在躲难，在躲儿子正在经历的矿难，只不过这矿难太大了，是大到了要命的灾难。这灾难让老人害怕，不敢去正视，不敢去面对。

那个开皮带机的王贵贵，在经历了惊吓和抢险以后，侥幸回到家里。可第二天他又要去下井，女人想留住丈夫，但话到嘴边，却没说。女人知道井下埋压着丈夫的工友，这种时候想把丈夫留在家里是根本不可能的。但是，丈夫又要到那个垮顶的地方去，多么危险，多么揪心。她眼睁睁地看着丈夫走出了家门，走向井口，揪走了她的心。

王贵贵匆匆忙忙地走了，去抢救工友去了。他要不停地开皮带机，不停地把救援通道采掘出的煤石拽出来，尽快打通生命通道。

他的妻子，领着十岁的女儿，跟在丈夫身后，看着丈夫走进井口，凝视着井口，不停地哭。母亲哭，孩子也哭，母女俩一块儿哭……煤矿的孩子，过早地承受了不幸。

  井口处，救援的人都在跑着上井跑着下井，把救援物资不停地运往井下。煤矿的女人们，端着一碗一碗亲手熬出的绿豆汤，追赶着那些救援的人。她们自发地来到井口，白天黑夜不离开，已经在井口待了好几天好几夜了。她们就那样端着绿豆汤追赶着救援人员，嘴里不停地喊："你们喝一口，下下火……你们喝一口，下下火……你们喝一口……"

  周长生再次醒过来的时候，碰了碰左边的人，左边的人没有反应，又碰了碰右边的人，右边的人也没有反应。大家都没有精力了，动弹不了，只有呼吸还在，这是生命存在的唯一一种方式。

  没人理他，好像他们在说，你别碰我，别烦我，我正在等死呢。等死，可不是好受的事情，那种死亡的恐惧感会慢慢浸透人心，会浸透每一个毛孔，让人越来越恐惧不安，甚至让人想：要死就快死吧，别这么没完没了地折磨人了。

  周长生也是这么想的。他无奈地闭上了眼睛，嗓子眼儿好像有虫子爬，好像有虫子咬，渴得难以忍受。他想起在北京漂泊的时候，那是阴历二月初二，龙抬头的日子，这一天男人讲究理发，叫作"推龙头"。据说"推龙头"能给人带来好运，能升官发财，能红运腾达。他一时兴起，也想推个龙头。那种门面张扬的美容美发店他不敢进去，转来转去，转到了一家小理发店。不知从什么时候起，理发店一下子就改了招牌，改成洗发屋了。他总觉得这种改法真是瞎扯淡，洗发怎么能是理发，理发店又怎么会是洗发屋？他认为现在的人都概念混乱了。他觉得过去的理发店没有秘密，理发就是理发，没有任何秘密，可现在的洗发屋就不一样了，洗发屋好像总是有什么秘密藏在里边。他走进去，一眼就看见了三个美女，这让他感到奇怪，就这么一个十多平米的小店，怎么能养活三个理发匠？看上去里面好像还藏着一间屋子，但无论怎样，这店，或者说这屋，也养不活三个女人呀？三个美女没有让他坐下理发的意思，只是冲着他笑，神秘地笑。他说要理发。美女说我们这里不理发，我们不会理发。三个美女都在微笑。可你们这儿不是洗发屋吗？洗发屋不就是理发的地儿吗？美女说洗发屋是理发的地儿，这不错，可我们不会理发，靠理发挣钱，连房钱都付不起。他倒觉得有点害臊了，想出去。有个叫莎莎的姑娘把他拦住了，她说，大哥，你也不请我吃顿饭，就这么走了吗？我还没吃饭呢。同是北京沦落人，相逢何必曾相识？他突然义气起来，说是，好吧，请你吃饭就请你吃饭。他发现莎莎并不是多么想吃东西，她主要是想喝酒了。他问她，你总是这么不要命地喝酒吗？她说我总是想喝醉，喝醉了就什么都不想了。莎莎喝醉了，她说，你带我走，带我回家去。他说，你想家了？她说，废话，莫非你不想家？他明白了，把她带到了自己和朋友同租的一间地下室。

朋友是艺术系毕业的，想在北京出名，但一直没出名，常常在颐和园大门外边拉小提琴，身边放着一个小铁桶，有时边拉边唱，声泪俱下，路过的人就往小铁桶里扔点零钱。他对朋友说，真是不好意思，我领回一个女"北漂"，她要让我带她回家，我就把她带回来了。朋友说，没关系，我们在大学宿舍里就已经经历过这种事情了，莫非你没经历过？周长生说，经历过，怎么没经历过？有钱的同学到外面去租房办事，没钱的同学不就是把女生领回宿舍里办事吗？谁想在谁就在，谁想走谁就走，旁若无人，互不影响。听见他俩说话，莎莎说，呵，还有一个哪，你们俩一块儿来，上一个下一个,一块儿来?周长生看了一眼朋友,不好意思地笑了一下。朋友撇了一下嘴角,乜斜着眼睛,意思是说,搞艺术的人更不在乎什么,你干吧,使劲儿干她。周长生脱了莎莎的衣裳,心想,我操,我得对得起我花在饭店里的钱。莎莎也不示弱,哼哼唧唧地嚷道,你使劲干……使劲干……干死我……第二天早晨,莎莎好像没事一样走了。就那么走了,记忆中,好像是刮过一股风。

过了几天,周长生又想起了莎莎,但一时还不能决定要不要再去找找莎莎。有的女孩子讨厌再去找她的男人,她们会以最羞辱的方式来羞辱再次找来的男人。周长生拿不定主意,解开裤子看自己的东西,看着看着,突然大吃一惊。他看见了什么?他看见了阴虱。他用指尖拨拉着毛,看见阴虱就像芝麻一样大小。阴虱把头扎进毛孔里,把灰色的屁股撅在外面,这让他感到一阵紧张,一阵恶心。他不由得说,我操,这些家伙怎么繁殖得这么快,怎么这么多,怎么像芝麻?一种悲伤涌上心头。

他爬了两下,爬到组长身边,推了推组长的肩膀。组长说:"你别推我,我得再打那狗日一次,我再死。"周长生说:"你要再打谁一次?"组长没吭声。他等了一会儿,组长还没吭声,他估计组长是在说胡话。现在,在死亡边缘,谁都有可能会说胡话,会出现谵妄。

据说,没有食物,人可以坚持半个月不死,可要是没有水,人最多能坚持七天。他们已经被压在地下至少是五天或者是六天了,离死亡越来越近了。人怎么能这样死,这样无奈的死法,是多么难受啊。

他们,在地下受苦受难的人,已经出现了程度不同的昏迷,出现了谵妄。有一个含含糊糊的声音在说:"水,水来了,我看见水了。那么多的水,就像一条河。"

有人嘀咕:"水?连尿都没了,哪还有水啊?做梦呢吧。"

不是一个人的想法,所有的人都在那么想:若是现在能喝到一泡尿该多好啊。

可是,他们已经尿不出尿了。他们觉得自己的尿道,没有一点动静,已经严严实实地闭死了。

组长糊里糊涂地说:"我必须得再打狗日的一次,必须打怕他,让他不敢再虐待那个孩子。"

周长生说:"你要打谁?你一直都在说你要打谁,你说说你要打谁?"

组长不回答。

这让周长生感到孤独,感到害怕,浑身起了鸡皮疙瘩。他使出全身力气推了推组长的肩膀。

组长不耐烦地说:"你谁呀,你推我干啥?"

"我害怕,你大概在说梦话。"周长生说,"在这寂静的黑暗里,听到有人说梦话,就觉得更害怕了。你总是说,要打一个人,你要打谁?"

组长想了想,说:"哦,我想起来了,我做梦来着。我身体好,睡觉从来不做梦,过去有人说睡觉做了这样那样的梦,我从来不信,可现在信了,我好像总是睡不着的样子,昏沉沉的,总是做梦。"

"你说你要打谁?"

"打我那个邻居,那个浑蛋。"他原来有一个邻居,叫高伟,三十多岁,在井下砸死了,后来高伟老婆又找了一个男人,把那个男人招回了家里,可那个女人真是招回了一个浑蛋。那个浑蛋有个毛病,一喝多了酒,就打高伟的儿子。街上的人都在背地里骂那个浑蛋,可没有人去出面管管那件事情。高伟老婆好像也拿招来的男人没办法,自己原来的男人死了,现在又有了男人,有了男人是多不容易的事情啊。组长停了一会儿,呼呼地喘气。组长说:"你想啊,一边是孩子,一边是男人,你说怎么办?真是没办法呢,谁不遇见那样的事情,谁就不知道是多难办啊。自己的男人,活得好好的就死了,现在又有了男人,你说她能怎么办?有一天半夜,我下班回家,大老远就听见孩子的哭喊声。夜静了,孩子的哭声真是响亮啊。我实在是忍不住了,踢开邻居家的院门冲进了家里。我看见孩子正躲在墙角,两只手捂着头,大声地哭喊道:'我不敢啦……我不敢啦……'其实孩子什么错事也没做,被打急了,孩子就只是哭喊'我不敢了我不敢了'。看见孩子躲在墙角里的样子,可真是可怜呢。高伟老婆跪在地上,大概在求那个浑蛋别打孩子了。看见这种情景,我就更生气了,我上去就是一个大耳刮子,把那个浑蛋给打倒了。我当时连腰都没弯,就那么左一脚右一脚地踢那个浑蛋,逮哪儿踢哪儿,我已经憋了太长时间的火气了。那个浑蛋被我踢得到处乱滚。你想啊,我这么大的身量,劲儿有多大?踢他还不像踢足球?这回倒是他一边在地上滚,一边哭喊道:'不敢啦……我再也不敢啦……'那个女人大概是怕我踢死那个浑蛋,又跪到我面前,替那个浑蛋求情。我一时半会儿还收不住脚,又踢了那个浑蛋好几脚,我累得呼呼喘气,好像比上一个班儿还累呢。我盯住躺在地上的浑蛋说,你知道你打的是谁吗?你打的是一个煤矿工人的后代,你打的是一个死亡矿工留下来的孩子,他不是一个平常的孩子,你知道吗?我告诉你,他不是一个平常的孩子,他是一个孤儿!

"那个浑蛋,躺在地上缓了缓气:'我知道,我知道你跟他妈有一腿呢。'

"那个浑蛋的无赖话更让我生气,我又踢那个浑蛋,要不是看见那个女人跪在地上那么可怜求情,我大概那天晚上真就把那个浑蛋踢死了。我一边踢一边吼：'我再叫你打孩子！我再叫你虐待孩子！他是一个不平常的孩子！他是一个不平常的孩子！我就那么喊，就那么踢，我真想踢死他。'

"那个浑蛋喊道：'我不敢了，我以后真的不敢再打孩子了。'

"我看见那个浑蛋一口一口往出吐血，我才停了下来。"

"那后来呢？"周长生说，"后来那个浑蛋还打那孩子吗？"

"以后好像没再听到过孩子的哭声。"组长说，"唉，我死了倒无所谓，可让我不放心的是，别价那个浑蛋见我死了，喝多了酒再打孩子。那是一个死亡矿工的孩子，不是平常的孩子啊。"

寂静，短暂的寂静。

组长说："小周，你活动活动别人，让他们挨个儿活动活动，别睡过去，一旦睡过去，就再也醒不过来了。让大家醒醒，活动活动，让大家活动活动。"

一个摇一个，一个摇一个，其他人就都醒了。

醒了能做什么？什么都不能做，也就是有一点睁睁眼睛，有一点呼吸的反应。有人说，外面的人不会找不到我们吧，他们怎么还不来？有人说，不会找不到的，现在科学这么发达，他们不会找不到我们，我们肯定是被埋压得太深了，他们一时半会儿还找不过来。

可以这么说，面对死亡，世界上的任何一种人，都比不上煤矿工人那么镇静，那么坚强。

"大家估计一下，我们已经被埋压了几天了，到底是几天了？"

"大概五六天了吧。"

"那可坏了，我们只有一两天活头了，没有水，我们最多能活七天。"

大家都知道死亡来临了，这真是令人恐惧。

赵大海说："我已经五十四岁了，本来想着明年就退休了，我还庆幸自己总算是没死在井下，可到头来，我还是死在井下了。"缓了缓气力，他嘶哑着嗓子说："我这一辈子，总是跟死亡打交道，总想着死呀活呀的，我都想腻歪了。我这辈子什么都经历过，可我怎么也没有想到会碰到这种死法，这种等死的感觉真让人难对付啊。"

周长生想，自己也是这么想的，本来以为自己经历了艰难的"北漂"以后，就不会再有什么苦难能征服自己了。可是现在，这种等死真难对付。在这黑暗潮湿的地层深处，自己内心充满了恐惧。这里没有时间，只有永恒的黑暗，永恒的折磨。

地层深处，一片寂静，一片死寂，没有一点生命的迹象。他们总是感觉自己在黑暗中不情愿地走着，离人世越来越远，越来越走近死亡。

赵大海说："死就死吧，可别这么渴死呀。这渴死的滋味可真是难受啊。其实下井工人嗨，谁没想到过死的事情？想多了，也就不怕了。可是现在真正要死了，又怕死。我不知道你们是咋想的。你们说说你们是咋想的？"

"死就死吧，不死也活不出去了，我看是活不出去啦。"有一个人在黑暗中嘟嘟囔囔地说，带着一种无奈。

"我从十八岁就开始下井挖煤了，一挖就挖了三十多年，可我没想到一直挖到死，就死在了煤窟窿里。"张三虎停顿了一下说："我真不甘心啊。本来跟我老婆说好了，等我退休以后，要领着我老婆到处旅游旅游，可这下啊，全他妈的鬼吹灯啦。"

"人不死不觉得，到了要死的时候，谁不觉得还有好多要做的事情没有做完呢？"李富唉声叹气地说，"唉，咋说呢？要我说呀，咱们大伙儿就这么聚在一起，说着话死了，也不容易啊，你们说是吧?"

"不管咋说吧,咱们给国家挖了好多煤,毕竟是为国家为人类做出贡献了,死就死吧,死了也值啦。"

有人附和着说:"对对对,这样想想,我们还真是有功劳的人呢。我们不能说我们生得伟大吧,起码还不能说个死得伟大?"

"哼,你那话,也就是给自己的死找个理由。找就找个理由吧,反正找个理由总比没有理由让人死得舒服一些啊。"

"操,死还有啥舒服不舒服的,死还能舒服吗?"

"要是那阵儿,一下子砸死了,也就算屁了,可现在是等死,等死可真他妈的让人受不了。"

"行啦行啦,咱们别再说死不死的话了,他死他就死,他活他就活,能活一会儿,就说一会儿高兴的话吧。"有人反感地说。

赵大海说:"对对对,说点别的,我给大家讲个故事吧,讲个我小时候听我妈经常给我讲的一个故事,给大伙儿换换环境哈。"他好像笑了一下,但没有人能看见。他说:"这个故事对我的一生都起到了很大的作用,真应该让你们都听听这个故事呢。"

人们说:"快别废话了,要讲就快讲吧,讲迟了就等不住了。"

在很久很久以前,有一家人家,过着平平安安的日子。可过着过着,父母就相继去世了,留下了兄弟两个还有大儿媳妇。哥俩分家的时候,老二只分到一间破草房和两亩薄田。到了种地的时候呢,老二连种子都没有一粒,就去向老大借种子。可他嫂子真坏,竟然把种子放到锅里给炒了,只有一粒种子掉在了锅台上,嫂子就把那一粒种子也扫进了炒出来的种子里。老二不知道借来的种子是炒过的种子,种进地里以后呢,就那么盼呀盼呀,可盼来盼去呢,只盼出一棵高粱。

老二没有失去信心，就一心一意地侍弄那棵高粱。老二想，今年是一棵高粱，明年就能种出更多的高粱，以后会种出越来越多的高粱，总有一天会过上吃饱的日子。你猜咋着？那棵高粱长得可真叫争气呀，结了一个很大很大的高粱头，就像举起了一个大火把。可没想到的是，眼看就要秋熟了，却不知从哪儿飞来一只大鸟，那只大鸟一张嘴就把高粱头子给叼走了。老二就追呀追呀，一直追到了太阳的家里。让老二大吃一惊的是，太阳家里到处都是金银财宝，晃得老二连眼睛都睁不开了。更奇怪的是，那只大鸟突然说起话来，那只大鸟说，可怜的人啊，这里的金银财宝你随便拿吧。可你不能太贪心了，不能拿的走不动路了，要是拿的走不动路了，太阳回来就把你晒化了。老二想，要多了也没用，够自己用就行了。老二只拿了两个金元宝走了。老二回到家里，开始置房买地，一下子就变成了富人。嫂子觉得奇怪，就去问老二，你怎么突然就富成了这样，你是怎么富成这样的？老二就实话实说了。嫂子听了以后，又如先前一般，把种子炒了，专门留在锅台上一粒种子，然后混到一起种进地里，就那么盼呀盼呀，终于盼出一棵高粱。秋收的时候，大鸟也把老大两口子引到了太阳家里，对老大两口子说，你们可不能太贪心啊？拿一点金银财宝就赶快离开吧，可千万别等到太阳回来。等到太阳回来，它就把你们晒化了。老大两口子哪能听进大鸟的告诫？他们看见到处都是金银财宝，装了一袋子又一袋子，想把那里的金银财宝全都背走。他们太贪心了，根本不想太阳回来的事情，就那么不停地往袋子里装呀装呀，不知不觉地，太阳就回来了。太阳刚一回来，就把老大两口子给晒化了，一下子把两个人化成汤汤水水了。

工友们说:"好,这个故事好,我要是能活着出去,我就把这个故事讲给我的孩子们听。"

有人说:"讲给孩子们做啥?讲给那些当官的,让那些当官的好好听听。"

"我能把这个故事讲给你们听,也算是我在临死前,又做了一件该做的事情啊。"赵大海有气无力地说,"我老了,已经扛不住了,你们一定要坚持住,一定要活下去……"

工友们听到赵大海在呼呼喘气,非常急促,好像刚刚参加完百米赛跑。他躺在地上,手扯着衣领子,非常难受地说:"如果你们能出去的话,请你们告诉我家里人,就说我赵大海至死也没有害怕,没有悲伤,一直安安静静的。告诉他们,不要难过。"

工友们说:"赵师傅,你别这么说,你别说这种话,说得人心里怪难受的。"

赵大海说:"我知道我不行了,你们一定要记住,我是怎么说的,你们就怎么告诉我的家里人,听见了吗?"

工友们说:"你快别说这种话了,说得人心里怪难受的。"

赵大海如释重负地叹了一口长气说:"对不起弟兄们了,我不能陪你们了……我……我得先走一步啦……咱们来世再见吧。"

"有声音,我听见了!"有一个人突然惊叫起来,尽管那惊叫声很虚弱,但还是把昏睡的人吵醒了。

被困的矿工几乎同时屏住呼吸,害怕呼吸声会影响传过来的声音。渐渐的,他们听到了隐隐约约的打钻声,后来又听到了一小时一次的放炮声。当然这个"一小时一次"的时间概念是对外面而言的,对里面的来说,只能说是过一段时间就能听到一次放炮声。他们知道,外面正在采取炮采掘进的方式,向他们挺进。

外面正在向六个人待着的地方炮采掘进，一小时一个作业循环。按照这种进度计算，再有两三天就能救出里面的六个人了。

里面的人，非常急切，大家议论说："听声音，估计再有两三天，我们就能见到他们了。"他们对井下的作业方式非常熟悉，有时候听声音就能听出掘进尺度。

"可我们已经坚持不了两三天了。"

"别说丧气话，我们一定能坚持到被救出去的时候，坚持就是胜利。"

"我们还活着，这是奇迹，我们一定能活着出去，一定能再次创造奇迹。"

外面的人正在努力地营救他们，调来的设备全是最先进的设备。钻机的钻杆不是平常看到的那种短钻杆，是几十米长的钻杆，那个钻头在地层深处拼命地往前钻，嗡嗡地响，突然就打空了，外面的人知道钻头已经打到了空处。外面的人惊呼道："打通了打通了，赶快停赶快停，别让钻头伤着里面的人！"外面的人不知道里面的人在什么位置，也不知道里面还有几个活着。外面的人顺着钻头的方向喊："里面有几个人活着……就敲几下钻头……"

井下有井下的语言，有时候，在相对较远的距离，双方喊话听不清楚，听不清楚就容易发生问题，所以井下就常常采用击打金属的方法来进行对话。没有下过井的人，我可以给你打个比方，比如你站在一间空房里，什么摆设也没有，你说话或者喊话，会不会听到轰隆轰隆的杂音？如果这间空房子继续延长，延长的像八达岭隧道一样，这就有了井下巷道的意思，这个时候你再喊话，或者有人向你喊话，你们都会听到不准确的轰隆声。所以井下工人就发明了敲打金属物的特殊对话方式。比如敲打通风管子什么的，就是用简单的数字对话。比方开皮带机开吊车，最简单的对话是：击打一下，是停；击打两下，是前进；击打三下，是后退。

现在，被困在里面的人突然发现了打进来的钻头，在死亡中获得了重生的希望，就急着要和外面通话。但因为有钻头堵着，没法说话，就想让钻头退出去，所以里面的人就敲了三下钻头。外面的人，以为里面的人听到了外面的喊话，当他们听到传来三下敲击声时，大家的心情突然变得沉重起来，以为里面只活着三个人了。六个人，只剩下三个人了。人们一时间都沉默了，默默地站着不动，像追悼会上默哀的样子。

钻头是顺着垮塌巷道打进去的，打了三十多米长。这三十多米长的距离可真是不容易。大巷塌落以后，原来的支护材料和煤石混在一起，那些金属材料常常会把钻头缠死，钻头得经常退出去，把金属材料带出来，然后再打进去。钻头几乎是一寸一寸地往里蹭。这边在打钻孔，另一边在开掘营救巷。营救巷正顺着垮塌巷向前挺进，里面人听到的放炮声，就是营救巷在放炮掘进。这两个营救措施非常正确，如果钻头能打进去，就能输送氧气，输送流质食物，这可以延长里面人的生存时间。营救巷从垮塌区后退十米的左侧开一道梯形巷道，绕过地质复杂的垮塌区，贯通六名矿工被困区。这条通道，是最后打开生死之墙的生命通道。

为了避免平行打钻伤着里面的矿工，采取仰角七度进钻，就是这个钻孔，居然在打进险区的时候，正好出现在被困区的顶板上。那个钻孔居然会出现得那么精确，根本伤不着巷道里的矿工。就是这个钻孔，在事故发生的第六天，突然给大家里带来了生机，带来了外面的信息。这个信息，让濒临死亡的人看到了生还的可能。他们从钻孔处发现了打钻时带进来的水，干渴的生命突然就感到湿润了。他们欣喜若狂，急忙用胶壳帽去接水，接了四帽子水。有了水，就有了生还的希望，这是井下矿工最清楚的事情。他们的干渴，不能从被埋压的时候算起，他们的干渴应该从下到井下，从工作的时候就开始了，他们已经六天多没有喝水了。

钻孔处在滴水，他们接了四胶壳帽水，但谁也没有及时喝。

组长说："先给赵师傅喝吧，他岁数最大，身体最弱，先给他喝吧。"

周长生一只手握一个小手窝，从胶壳帽里舀出水来。有人用矿灯照着赵大海的嘴，周长生把手里的水抹在了赵大海的嘴上。这一抹，居然让周长生泪如泉涌。他怎么也没有想到，在自己快要渴死的时候，居然还会泪如泉涌，那泪水是从哪里来的水呢？

赵大海已经不能喝水了。

五个人都站着不动，互相看着，尽管他们谁也看不见谁。

组长说："喝水喝水，大家赶快喝水。"

但是，没有人喝水，都站着不动。

有人说："先让小周喝吧，这里面数他小了，小小个孩子，真是吃了大苦了。"

小周说："我年轻，我能扛住，还是老师傅们先喝吧。"

"大家都别推让了，反正总得有一个人先喝，让小周先喝，就小周先喝吧。"李明义说出这话来，眼泪也流出来了。

小周扶住胶壳帽，感觉组长端着的胶壳帽在颤抖。小周把胶壳帽扶斜了，嘴唇刚靠近水面，就经不住水的诱惑了，他感到从水上传来一种从未有过的亲切感。第一口水就像吞进一颗铅球，他听见咕咚一声，那口水就掉进肚子里了。他停了一下，喝了第二口。水里有石头味儿，有土味儿，还有煤味儿，他才不管水里有什么味儿，只要是水就行，只要是水，他就想一下子喝个饱。他又喝了一口，他喝了三口水，觉得肚子里马上就畅通了，肚子里的烧灼感马上消失了。情绪也不那么烦躁了。肚子里传递出一股凉涩涩的舒服感，大脑一下子就清醒了，没了先前那种昏昏沉沉的感觉了。他还想继续喝，但却停下了。他把胶壳帽端给了别人，一个人一个人，挨着往下传。那种传递方式，很神圣。

四胶壳帽水剩下三胶壳帽了，尽管是污水，却要维持他们往后不知要坚持几天的生命能量。所以，当时每个人，只是很矜持地喝了一点点胶壳帽里的污水，就不舍得再喝了。

他们不知道自己还会在黑暗里被困多少日子，但他们知道，此时此刻并没有脱离死亡的境地。

他们互相鼓励着说："咱们要保持体力，避免消耗，等待救援，咱们谁都不能死，一块儿出去，一块儿去洗澡，洗完澡，一块儿喝酒，全都喝醉了。"

这种对生命的热爱，真令人感动。

但愿能回到地面上去，快点回到地面上去。因为他们想吃东西，想饱饱地喝一顿水，想尽快看到家人和朋友，看到太阳和月亮。

外面的人对住钻孔向里面喊话，问里面到底是啥情况。

矿长想了想，怎么喊？他不想喊"你们里面还有几个人活着"那样的话。他对着钻孔，迟疑了一会儿，喊道："你们有没有受伤的，有就敲一下，没有就敲两下……"

钻杆响了两下，说明里面的人都还活着。

矿长再喊："里面的空间有多大……有一米就敲一下……有几米就敲几下……"

钻杆响了六下。

矿长又喊："是不是六个人都在一起，都在一起就用力敲一下……"

矿长不想喊出六个人是不是都还活着，他问六个人在不在一起，他不愿意碰触与死亡有关的任何一个字眼。

"当！"

一下。

抢险的人们哗一下举起双手了，大声欢呼起来。人们高兴地嚷道："都还活着，都还活着，六个人都还活着……啊……啊……啊……"

有人说："想起来了，起初他们敲了三下钻头，是让我们把钻头退出来，我们跟他们的意思闹反了。这下好了，这下就全闹清楚了。"外面的人，咧着嘴笑，流着眼泪笑。

井下的防爆电话即刻把六个人都还活着的信息传到了井上。井上井下，所有的干部、工人、家属、老人和孩子，全都为六个矿工兄弟——这六条鲜活的生命而欢呼雀跃。人们跑到商店里和杂货铺里去买炮仗，把矿上商店里和杂货铺里的炮仗全买光了。

每过一小时，里面就敲打钻杆六下，告诉外面，六个人都还活着。外面的人，每隔一小时，就能听到一次振奋人心的信息。里面的人，尽管不知道一小时是多长，但他们却在黑暗中掌握着那个时长，这可真是奇迹。

救生通道是怎么打的？是这样打的，从垮顶处退出十米，由左侧开口，打了一条六十八米长的巷道，最后相互贯通，这是精确计算出来的一个方案。人们估计用七八天的时间，打通巷道，但里面没有水，没有食物，人们对那种营救时间并不满意。可面对大自然，人有时候真是无能为力。人们在向大自然索取的时候，有时候是脆弱的，有时候又居然会那么灵感突发，这可真是人的了不起之处。救生通道从垮顶的第二天开始向里掘进，由十二个人采用手工作业，打眼放炮向里面掘进。人们商量，垮顶工作面顶板不稳定，应该采用浅打眼、少装药、多循环的作业方式进行掘进，以免因为放炮震动太大，再把里面震塌了，那样就不知道会出现什么危险了。人类的聪明才智，在抢险过程中真是发挥到了极致。

准备开工营救巷的当天上午，一些采掘设备陆续运到井下，一台耙岩机，八米多长，移到开工处，以往需要一个班的时间（六个小时），可不到两个小时就装好了；铺一部铁溜子，仅仅用了四个小时。掘进了十五米以后，巷道断面逐渐变小，打眼工拉完炮，必须爬进作业点，将里面的煤攉到溜子上，运出去，再打眼放炮，继续前进。在这样狭窄艰难的环境里，依然保持一个半小时放一茬炮，进度大约是每小时两米。随着巷道延伸，运输距离加长，再加上作业点断面越来越小，里面只能容下三个人工作，进尺渐慢。

按以往的掘进速度推算，要打六十八米长的巷道，至少需要八九天。但这是抢险，这是要抢出六名矿工的宝贵生命，他们曾经为人类采掘煤炭，做出过贡献。

救命的人简直是疯了！他们疯了一样向进度挑战，向死神挑战。里面，争取活命的人也在向死神挑战，他们唯一能够做到的挑战方式就是——喝一点水。

老工人李明义终于忍不住了，很生气地说："这次喝水，让组长先喝，用矿灯照着，大家要看见他能喝下一截去才行，否则，我们谁也不喝，不喝了！"

"对，要渴死，大家一块儿渴死，绝不能是我们活着出去了，可组长却渴死了，这样绝对不行！"

大家说："对，要死一块儿死，要活一块儿活，绝不能落下一个，一个也不能落下。"

组长说："我没事儿，这里面数我身体最好，数我能扛得住。"

现在，距离贯通险区只剩下四米左右了，离生命重生的距离已经越来越近。

里面的人说："估计再有一天，我们就能走出这个鬼地方了。我们一定要挺住啊。"

里面的人认为，外面的人要用镐刨四米长、一点八米宽、一点六米高的巷道，怎么也得再刨一两天。他们太熟悉这种手工作业的作业进尺了。

营救巷已经向险区打通了钻孔，里面和外面通话已经很方便了。

外面的人向里面喊："刚才放炮时，对里面的顶板有影响吗？"

里面说："影响不大，就跌了点零皮。"

外面的人又喊："咱们现在是采取放炮呀还是采取人工刨的方法呀，你们认为哪种方法更合适？"

里面喊道："告诉我们准确距离，外面和我们贯通到底还有几米？"

"还有四米，大约是四米。咱们商量商量，为了争取时间，我们还能不能再放点小炮？"

里边传出了朦朦胧胧的喊话声。

外面听不清里面喊了什么。

矿长说："你们起开你们起开，让我听听。"他把耳朵贴在钻孔上，用矿灯照里面，问里面要说什么。里面说，按照营救巷的方向来看，再往左边一点，距离他们就更近了。

矿长对着钻孔喊道："噢……好了好了……我们很快就能见面啦……"矿长比谁都急，这关系到他的官帽。

怎么办，是不是再放小炮？

放小炮就是在煤壁上多打眼、浅打眼、少装药，放炮只起到松动煤壁的作用。但是，谁有百分之百的把握能保证拉响的炮不伤着里面的人呢？要知道这是放炮，放炮可不是闹着玩的事情，放炮是会瞎乱炸的。尤其是在黑暗里，存在着太多的不明因素。

放炮工说："我保证，如果保留一米煤墙，我保证我放的炮，绝对伤不着里面的弟兄们，我保证百分之百伤不着弟兄们！"

"你真有百分之百的把握？"

"我真有百分之百的把握！"

这说明我们的煤矿工人，平时对工作是多么用心！这绝不是一炮两炮的经验和功夫，也绝不是一年两年的经验和功夫，这是煤矿工人一辈子或者是几辈子的经验积累。

打眼儿工在一米多高的煤壁上，打了十三个眼儿，装进去十三管炮药。拉响炮以后，可以入深半米。很准确，半米半米掘进，真是神炮手。

想想看，若是一炮炸通了，那可了不得。

有时候，我们在煤矿，经常看到这个人或者那个人的脸上，有一片一片斑斑点点的青花痕迹。那就是放炮工被瞎炮崩过的脸，那些青花，就是打进肉里的煤屑，至死都不能清除出去。熟人会开玩笑地管他们叫青面兽或金钱豹，但在玩笑的背后，我们会不会感到一种疼痛、一种感动？

也就是外面和里面的最后一次对话才过去了两三个小时，当最后一茬炮拉响以后，隔断两边的煤墙只剩下一米，或者是几十公分了。可能用手一推，两边就贯通了，这炮采掘进，真是奇迹！

组长说："等巷道打通了，咱们谁也别乱，咱们要有次序地出去。咱们先让赵大海师傅出去,然后是最小的一个——周长生,他第二个出去。"

周长生说:"不,我不第二个出去,第二个出去的应该是李明义师傅,他儿子肯定正抱着他四个月的孙女在外面等着他呢。"

李明义说:"不行不行,还是谁最小谁先出去吧,他爹妈已经在外面等急了。我知道当家人的心情,假如小周是我的儿子,在急需要逃生的时候,我是不是应该先让我的儿子先逃出去?你们说是不是,是不是?"

人们都说老李说的有道理,小周你就别争了,就你第二个出去吧。

渐渐的,全都排好了,最后一个出去的是组长。组长说:"这就好了,你们都出去了,我就放心了,否则我就是出去了,也不放心呢。"

生命通道轰隆一声被打开了。

里面的人,把赵大海搬到了洞口处,头朝前,脸朝下,往外推。外面的人,看见赵大海爬出头来了,就使劲拽,可他们拽出去的人,已经僵硬了。

里面的人不是敲了六下钻头吗?不是说六个人都活着吗?怎么死了一个?一种不祥之兆袭上心头,外面的人,不知道里面还会出现什么情况,忽然紧张起来了。

周长生爬出来了,李明义爬出来了,李富爬出来了,张三虎爬出来了……怎么没见组长爬出来?

其实,那些人并不是自己爬出来的,都是被外面的人,一个一个拽出来的。他们已经爬不动了。在里面的时候,他们都以为自己能爬出去。可当他们把头刚刚探出洞口,看到外面灯光闪烁时,他们就像泄了气的皮球,一下子就软了。

人们焦急不安地等组长出来，可等了一会儿还不见出来，外面就乱了，有人就着急地说，怎么回事儿，怎么还不见张大个儿出来，是不是里面又出啥事儿啦？是不是组长……人们不知道里面突然又发生了什么意外，就心急火燎地朝着黑洞洞的洞口喊叫起来："张大个儿……张大个儿……你咋啦……你咋还不赶快出来啊……"

　　人们慌成一团，盯住洞口大声喊叫。大喊大叫的人们突然看见从洞子里推出一个一米多长的金属筒状物，那个筒状物就像过去战争年代的重机枪，但它不是重机枪，是一台锚索机，大约九十多斤，价值一万五……

　　晋北矿的人，无论男女老幼，全都来到了井口边，点燃了爆竹。

　　炮声响亮，山里就像地震。

第三章
高尚的女人

那个叫豆青的老人，总喜欢在夜里看看北山坡，看看北山坡上闪亮着的万家灯火。那闪亮的灯火，从山坳里一层一层往上亮，一直亮到山梁处，真是壮观，好看。豆青想，大概站在北山坡上看南山坡，也是这样好看呢。

老人站在院子里，又向四周看看。南山坡全是黑乎乎的朦朦胧胧的山的轮廓。近处的断墙残壁，像地震过的样子，龇牙咧嘴，瘆人。老人想，大概站在北山坡上看南山坡，也像自己看北山坡一样，过去那一层一层的灯光都不见了，只有黑乎乎的大山，让人心里发怵。这人世间的事情，说快可真快呀。曾经是满山满坡的住户，说走就全走了，真是走得太快了……豆青每次遥望北山坡的时候，都会想起那个叫继文革的女人，那个女人可真是一个高尚的女人啊。

说起来呢，这事儿年长了，但矿上的人没有忘记继文革，没有忘记她拉扯两个孤儿长大成人、成家立业的往事。多年以前，蔡建壮和蔡建国的父亲在矿井下砸死了，母亲没过几年也死了，两个脏兮兮的孩子，手拉手走进继文革的办公室，呼一下就给继文革跪下了。跪在地上的两个孩子流着泪说："姨姨，我妈说了，我妈说等她死了以后，让我和弟弟来找姨姨。"

继文革看见两个孩子突然跪在面前，一下子就傻眼了。

她才二十六岁，才比蔡建壮大十四岁。一个比孩子大十四岁的女人，能给孩子当妈吗？这真让她为难了。拉扯孩子是一个循序渐进的过程，孩子长，女人拉扯孩子的经验也在长，女人才会觉得顺当。可一个二十六岁的女人，突然要拉扯一个十二岁和一个十岁的男孩子，自己能行吗？她看着两个孩子，竟然没想到先让两个孩子站起来。她看着跪在地上的两个孩子，愣住了。

继文革是晋北矿工会劳保部的一名女工，日常工作是和矿上的工伤工亡家属打交道。煤矿事故多，有的下井工人对自己砸掉一两根手指头根本不觉得是事故。他们说，我运气好，一辈子没出过事故。他们得意地拍着胸膛，可拍着胸膛的手，分明缺了一两根手指头。他们觉得伤掉一两根手指头根本算不上事故。那些摇小车的人，在煤矿人眼里才是出过事故的人，他们的脊柱骨被砸坏了，砸成中枢性瘫痪，下半身失去了生理功能。他们坐在小车里，小车旁边挂着一个塑料袋子，让人看了，真可怜。还有那些一条袖子荡来荡去的人，还有拄着拐棍，用一条腿蹦一下，蹦一下。这些人在煤矿人眼里才算是出过事故的人，当然还有那些失去生命的人……

快过中秋节的时候，矿上要给工亡家属送一点慰问金，这是矿工会劳保部的事。早晨，下了一点雨，雨不大，下了一个多小时就停了。雨后的矿山，空气清新，不像平常那种空气中弥漫着煤面子的肮脏样子。继文革打算出去发送慰问金。她走到山坡街，寻找死亡矿工蔡和生的家。煤矿人管这个地方叫山坡街，山坡上高高低低地拥挤着煤矿人居住的房子。那些房子，屋脚踩着屋脊，看上去凌乱不堪，肮脏拥挤，人们管那样的房子叫石头房，也叫自建房。那些房子没有邮政号码，有的人家几辈子都见不到邮递员会送信件什么的。住在那样的房子里，就等于是一种消失。

下过雨的天空一片青蓝。矗立在山沟里的井架比过去干净了，看上去黑亮黑亮的，不像过去灰蒙蒙的跟朽木一样。矿上有两面山坡街，朝南的叫南山坡街，朝北的当然就叫北山坡街。南北山坡相隔着一道山坳，山坳里有一条公路，两边的山坡街好像总在面对面地倾诉着煤矿的历史，俯视着山沟里的井架。山坡街又脏又乱，到处都是断墙残壁，到处都是垃圾，飘荡着尿骚味。山坡街上没有厕所，屎尿全靠下雨时往山下冲。蔡和生的家，住在北山坡街上。继文革估计他们是二十年前才来矿上住下的，但可惜的是，也就是二十来年的工夫吧，那家女人就变成了寡妇，孩子就变成了工亡子弟。她在慰问矿上的伤亡家庭时，常常会冒出很多感慨。她走在乱七八糟的居民区里，踩着粘泥绕来绕去，有时候打一下滑，趔趄一下，庆幸自己没有摔倒。

继文革见着人就问："哎，我问问你，蔡和生家在哪儿住啊？"有人说："哎呀，好像就在这附近。"继文革就嘀嘀咕咕地说，我这本矿的人想找谁家都找不着，要是外面来的人，就更别想找到了。街道狭窄，到处都是石墙，看不见远处。她碰见一个满脸煤黑的矿工，脊背上背着牛头大的一块煤，正坐在一截石墙上呼呼喘气，她走到跟前打听道："师傅，你知道蔡和生家住哪儿吗？"

背着煤块的矿工仰起脸，脸是黑脸，只能看见白牙齿和白眼仁儿，矿工回答道："你是找蔡和生啊？他家就住在上边那根电线杆子下，就是电线杆子下面右边的第一户人家。"他说话时，还在呼呼喘气。下井工人下班后，有时就捎带着背一块煤回家。那样的一块煤，三四十斤重，背着上山时，会觉得越来越重。矿工看了看继文革，说："蔡和生死啦，好几年前就在井下砸死了，你莫非不知道？"

继文革说:"我知道,我是到他家去给他老婆孩子送慰问金的。"

矿工说:"好,好人,好事。"

继文革气喘吁吁地往山上走,走到电线杆子下,朝着电线杆子右边的第一户人家的院门往里面喊:"哎,家里有人吗?有人吗?"

没人答应。

小院门开着一道缝,估计家里应该有人。继文革往开推院门,院门吱吱响,门已经下垂了。她觉得应该有人修修那个门。她走进院子里,又喊了一声:"家里有人吗?"

没有回应。

她认为家里一定有人,就推开房门进去了。家里光线很暗,看不清东西。待她适应了暗淡的光线以后,看见一个十多岁的小男孩和一个更小的男孩子,正在家里像摆家家一样忙活着,两个孩子在地上炕上,在这里那里,摆上碗,摆上盆子,摆上桶……忙着接雨水。大概家里能盛水的东西,都被两个孩子用上了。

外面不下雨了,可家里还在滴滴答答地下着雨呢。

继文革看见蔡和生老婆蜷曲在炕上,像一只大虾。她萎靡不振的样子,一看就是有病。继文革说:"我叫继文革,是矿工会劳保部的,是来给工亡家属送慰问金的。眼看就要过中秋节了,矿上要给每个工亡家庭二百块钱慰问金。钱不多,可不管咋说吧,总能给孩子们买点好吃的。"她从兜里掏出二百块钱递给蔡和生老婆。蔡和生老婆往前探探身子,但只是上半身往前倾了一下,屁股并没挪窝儿。她的动作很艰难。蔡和生老婆没接钱,似乎对那二百块钱不感兴趣。继文革觉得很尴尬,拿着钱的手就停在那儿,不知道应该往前送呢,还是应该收回来。她早就估计到了,过年过节,矿上给工亡家属慰问二百块钱,真是太少了。人家把命都献给煤矿了，可煤矿才给人家二百块钱，别说是二百元人民币，就是二百美金，对失去的生命来说，也太少了。但她是代表工会，代表矿上下来慰问的，是不能说那种丧气话的。她昧着良心说："煤矿上跟你们一样的人家太多了，矿上拿不出太多的钱，这点钱就算是矿上的一点心意吧。"

蔡和生老婆哭了，有外人来看她的时候，她总是不由自主地要流泪。

继文革把二百块钱放在她俩之间的炕上。

"外面还在下雨吧？"蔡和生老婆低声地问道。

"不下了，已经不下雨好长时间了，天晴得瓦蓝瓦蓝的，空气可新鲜呢。"继文革想把气氛变得轻松一点。

"外面不下雨了，可家里还在下雨呢。"蔡和生老婆看了看地上炕上接着雨水的盆盆罐罐，不好意思地说，"唉，男人死了，家也就不是个家啦……"女人是灰头土脸的样子，好像刚从土里挖出来。

继文革想宽慰宽慰蔡和生老婆，同情地说："唉，煤矿嗨，就是个这，经常发生伤亡事故，说不定哪一天就轮到谁家了，碰到自家头上就只能硬着头皮挺下去啦。我男人也是下井的，我也活得不安生呢。我每次去慰问伤亡家属，总想起自己下井的男人，想起来就心里害怕，心呀，跳得扑通扑通的，好像要从嗓子眼儿跳出来似的，堵得连气都喘不上来呢，好像马上就要憋死了。"她说着话，一下一下掐嗓根窝。

蔡和生老婆好像突然来了精神，一下子坐直了，说："唉，你不知道呀，真是心疼死人了，我跟我男人结婚二十年了，可我俩连脸都没红过一次啊。他每次下井去，我都在家里提心吊胆地想，那天老李被砸着了，那年老张被砸死了，今天可千万别轮着我男人啊。就这么提心吊胆地想,就这么提心吊胆地活着,可不知不觉地真就轮到自己头上了。"她突然露出一点笑容说:"我也不怕你笑话我,我一看见他回来了,心里就高兴地说,哦,亲爱的,你又活着回来了!每到那种时候你猜我怎么样?我男人要干啥我就让他干啥,他要咋的我就让他咋的,那种时候的感觉最好,真的是最好呢。"

两个女人会意地笑了。

蔡和生老婆笑着说:"我和我男人不是关系好吗?关系好就养孩子多,啪嚓啪嚓养了仨孩子,我和孩子都是临时户。家庭困难这你知道,可我从来不让我男人嘴上受治,顿顿都给我男人做小锅饭,每顿饭都要给他炒个肉菜,让他就着肉菜喝点酒。井下寒气大,喝酒能逼寒气呢,这你也知道吧?"

继文革点点头。

蔡和生老婆说:"唉,你得好好地对他呢,一旦人没了,想好好对他也对不了啦。我男人非常心疼孩子,总是舍不得吃肉菜,总是给孩子碗里拨肉,我就生气地说,你以为就你懂得心疼孩子吗,我就不懂得心疼孩子啦?有时候孩子气哭了,我就骂孩子,我说你们哭啥啊哭?你爹多活一天就是你们多一天的福气,要不是为了养活你们,我早就不让你爹下井了,你们还哭呢,别哭!唉,那天晚上啊,我给我男人炒了一个他最爱吃的熘肥肠,我想让他一进门就坐在炕上吃到烫嘴烫嘴的熘肥肠。我男人就是那么说的,他说这熘肥肠呃,烫嘴烫嘴的,可真香啊。我看见他吃得嘴边都是油,心里可真是高兴啊……那天晚上,我先把肥肠炒熟了,扣在盘子里。等我男人一进门,就把肥肠倒进锅里,用猛火炒,赶紧把蒜末和葱段儿撒进锅里,急炒两下,烹醋,勾芡子,出锅。那样的肥肠吃起来能吃出一点生葱生蒜味儿,最好。可是啊,等啊等啊,一直等不回来啊。你说我想得多好啊,等他一回来,刚盘腿坐在炕上,我就把一盘冒着蒜香味的熘肥肠给他端到脸面前,再拿起热酒壶,给他倒满一杯酒。看他吃菜喝酒,看他满嘴都是油,看他高高兴兴地享受生活,你说我想得多好呢?"女人停顿了一下,眼泪突然就像断了线的珠子,扑簌扑簌往下落,刚刚还微笑着说话呢,可马上就哭起来了。女人哭着说:"可那天晚上啊,那天晚上可真是个杀人的晚上啊。三个孩子都等累了,都睡觉了,可他们的爸爸啊,还没有回来。"她坐着等男人等得坐不住了,就站起来来回走,在家里走一会儿,再到院子里走一会儿。

她想过可能会有那一天的,下井工人的老婆都想过可能会有那一天的。可谁都又不想有那一天。可是那一天啊,还是神不知鬼不觉地就来了。两个工人穿着黑乎乎的工作服,突然走进家里对她说:"嫂子,你别着急,你先别着急,蔡和生出工伤了,领导让我们来接你到招待所去。"女人抹着眼泪说:"我当时一听说他们要接我到招待所去,我的心呀一下就提到了嗓根窝,我男人已经完了。平常有人出了工伤,来接家属的人都是说要把家属接到医院去,要是一说去招待所,就说明人已经完啦。这你也是知道吧?我当时赶紧叫醒三个孩子,一手拉一个往山下跑,大孩子自己在前面跑,你说我不是傻吗?明知道男人已经完了,可我还跑啥呢。就是飞到招待所又有啥用呢?带着孩子在招待所里住了一个礼拜,每天有人看着我们,好吃好喝地哄着我们,怕我自杀。小继呀,你说我能自杀吗?我要是自杀了,我男人留下的孩子咋办呢?三个孩子哪,我能死吗?我不能死呀,我得把我男人留下的三个孩子都拉扯成人啊。"女人揭起腿上的毯子,扔到一边,看着地上的两个孩子说:"可我真是对不起我死去的男人啊。我大儿子前年患了肝炎,没钱治病,肝硬化腹水,死了。我们娘们儿一个月一个人给开三四十块钱抚恤金，哪有钱给孩子看病呢？孩子可真是可怜呀，死的时候肚子憋胀得就像一个鼓，孩子是生生被憋死的，你说孩子受了多大的痛苦啊。唉，到现在，我又得了直肠癌，也活不了几天啦……"

继文革听着蔡和生老婆说话，有时笑，有时哭，觉得跟蔡和生老婆已经血肉相融了。两颗女人的心，已经融为一颗心了。

继文革着急地说："你没去医院看看，不能做手术吗？我听说，直肠癌做了手，都能像好人一样活着呢。"

蔡和生老婆说："去了，大夫说去晚了，已经是癌症晚期了，不能做手术了。唉，要说呢，我也是自己把自己给耽搁了，可你说不耽搁又能咋样呢？过去职工家属看病，享受半价。可是现在呢，职工也全都自费了，家属就更是自费了。现在的医院又比过去要价要得高，咱们老百姓真就看不起病啦。你说我不扛着，还能咋着？唉，我大儿子死了一年我哭了一年，生生把自己哭出病来了。其实我早就感觉出自己肚子不对劲了，可没钱呀，不敢去医院呀。我就那么扛着，开始的时候肚子憋胀，我就自己给自己揉肚子。我知道穷人是不容易死的，受不够罪是死不了的。可后来就越来越大便不下来了，有时候憋得我一头一头出冷汗。我一直以为自己是舍不得吃菜，是便秘，过个四五天就喝一把果导片。喝了果导片就哗哗地拉肚子，一天拉五六趟。过几天又拉不下来了，就又吃一把果导片。果导片不是便宜嘛，我也只能吃点果导片了，可谁知道是肠子上长了瘤子，堵得大便下不来呢？我一直肚子疼，我一直以为是想男人想儿子想疼的，就那么坚持着。邻居们看我可怜，凑了点钱，硬把我送到了医院。可一检查呢，已经是癌症晚期了，已经活不了多少日子啦。"

蔡和生老婆两眼出神。

继文革说:"唉,你的身世可真够可怜呢。以后你就别把我当外人了,我以后也不把你当外人,我就当你是我姐姐,你就当我是你妹妹,我经常来看你,家里有什么活儿,我帮你做。"

蔡和生老婆往前蹭了蹭身子,伸出右手,把手搭在继文革的左手背上,盯着继文革说:"我看出来了,你是个好心人啊,等我死了以后呢,你就帮我拉扯拉扯这两个可怜的孩子吧。"

继文革感到很为难,自己的孩子才三岁,她还不知道怎么拉扯两个半大小子,所以就避开话头说:"老天爷有眼呢,老天爷不会让你死的,不会让你扔下两个孩子的。"

"唉,活不了啦,我知道我活不了啦。"她长叹了一口气说,"我下面总是不停地往出拉汤汤水水的东西,每天都衬着卫生纸,每天都总是想拉想拉的,拉出来的都是脓血。我知道我已经没有几天活头了,你就答应我吧,就帮我拉扯拉扯这两个孩子吧,我可怜的孩子啊。"

真没有想到,这事儿好像就要闹成真事儿了,这让她感到措手不及、心里慌乱。

面对两个没爹没妈的孩子跪在那里,她突然觉得自己就像秦香莲一样了。

两个孩子跪在继文革面前,抽抽搭搭的,身子不停地颤抖,看上去真可怜。这该怎么办,这到底该怎么办?她也是个普通工人家庭,也没有经济实力,这让她怎么拉扯两个孩子,拿什么拉扯这两个孩子?常言说,半大小子,吃塌老子。这她不是不懂。两个孩子每个月总共才有78元抚恤金,够干什么?什么都不够。

"怎么办,你说怎么办?"她不知道是问自己呢还是问别人?可最终的答案是,她得管管这两个没爹没妈的孩子。他领着两个孩子，走出办公楼，往北山坡街上走。北山坡下边有一条铁路，沿着山脚穿过居民区，把煤炭运到山外去，运到很远很远的地方去。继文革领着孩子走到铁道近处的时候，正好有一列拉煤车从山里开过来，两个孩子想赶在火车前跑过铁道，幸亏继文革早有准备，一下拽住了两个孩子。火车轰隆轰隆开过来了，他们站在铁道边等火车过去。奔驰的火车带着风，呼呼行驶，脚下的地轰隆轰隆地颤抖着，颤得继文革的心一抖一抖地难受，一抖一抖地害怕。她紧紧地攥住两个孩子的胳膊不敢松手。呼呼旋转的火车轮子，让她想起煤矿料场里嗡嗡旋转的圆形电锯。电锯呼呼旋转，飞射着木屑，把一根一根粗大的圆木，即刻就切断了，那种情景总是让她感到害怕。她看着火车轮子，想火车轮子如果从人的脖子上碾过去，那会怎么样？越想越恐惧，越来越紧地攥着两个孩子的胳膊。火车开过去了，继文革还在那里发痴，还不敢往前迈步。两个孩子拉了她一下，她才有所悟地领着孩子过铁道，一边过铁道一边说："你们俩，可千万别扒火车啊，扒火车太危险了，你们记住姨姨的话了吗？"

　　矿上的孩子，经常扒着火车到外面去玩耍，有好多孩子被火车辗断了胳膊腿，也有被辗死的。

　　继文革领着两个孩子进了石头房，看了看房顶上破破烂烂的纸仰层，看了看家里堆着的乱七八糟的东西，炕上扔着被褥、衣裳，地上堆着煤、劈柴。她嘀嘀咕咕地说，看这家乱的，看这家乱的，这哪还像个家呀。她把家打扫干净以后，对两个孩子说："你俩别怕，姨姨尽快给你们找个保姆，照顾你们，姨姨有时间就来看你们。"继文革拿孩子的抚恤金雇了保姆，给两个孩子洗洗涮涮，缝衣做饭。可断断续续雇了四个保姆，都让孩子气跑了。

　　特别是最后一个保姆走的时候，那可真是闹出了大动静，居然闹到她的办公室去了,闹得全办公楼都热闹起来了。保姆是一个身高马大的女人,嗓门洪亮。人还没进办公室呢,喊叫声就像打雷一样轰隆轰隆地传进她耳朵里了。开始,她以为又是矿上的工伤或者是工亡家属来办公楼闹事儿来了。矿上的伤亡家属经常来找矿领导闹事儿,他们要求困难补助,要求给孩子解决户口问题,要求解决工作,要求给家里拉柴拉炭,要求什么的都有,反正煤矿事故多,闹事儿的就多。人们闹事儿是找领导闹事儿,找不到她继文革头上,她没必要关心走廊里的隆隆喊声。可让她没有想到的是,走廊里越来越响亮的喊声,是找她的,在喊她的名字。喊她干啥,她能解决啥问题?她想一定是听错了。可是,她分明是听到有人在喊她。走廊里站了好多人,每个办公室的门口都有人站出来看热闹。

那个人高马大的女人,放开嗓子在走廊里喊:"继文革……你在哪儿哪……你快出来啊……我干不了啦……吓死我啦……继文革……"

继文革走出办公室,看见保姆惊慌失措的样子,忽然吓得浑身哆嗦起来。她以为两个孩子出事儿了,否则保姆不会那么一惊一乍地大嚷大叫。她赶快迎过去,对保姆说:"嚷啥你嚷啥?有啥事儿到我办公室里来说,在走廊里瞎嚷啥?"

"还到办公室里说呢,我哪还顾上到办公室里说呢?"保姆急得满脸淌汗,说,"你赶快去看看那两个孩子吧,要是出了啥事儿,我可担当不起哪。嗨呀呀,着急死我啦,我在一楼喊了你半天,没喊出你来,又上二楼来喊你!"

继文革想,一楼里还不定让保姆喊出去多少人呢,说:"你快说,孩子出啥事儿啦?"

"我来的时候还没出啥事儿,可说不定就要出啥事儿啦。"保姆走近继文革，一把拽住继文革的胳膊就要拉走她，一边拉一边嚷道，"你快去看看吧，那两个孩子在铁道边上等着扒火车呢。我追到他们铁路这边，他们又跑到铁路那边，我追到那边，他们又跑到这边，跑得比兔子都快，我怎么追也追不上他们。扒火车可不是闹着玩的事儿，咱们矿上已经有多少孩子让火车给辗断了胳膊腿的，还有辗死的，你快去看看吧。我可不干这保姆了，我负不起这个责任……"

有人悄悄地说："哼，拿着孩子的抚恤金给孩子雇保姆，能算啥活雷锋，还想当活雷锋呢？"

继文革听到了久违的"雷锋"这个字眼，就知道人们因为她才又想起了雷锋，否则人们根本不会想起雷锋的。她知道有人在奚落她，但她根本顾不上那些奚落了。她跟着保姆赶紧往火车道那边跑，一边跑一边问保姆："他们在哪儿……他们在哪儿……"

"就在火车道那边呢，一会儿你就看见了。"保姆嚷着，急匆匆地走着。

继文革有多急？恨不得胁生双翅。孩子要是有个三长两短的，她怎么向矿上交代，怎么向两个亡灵交代？

有一趟铁路线从晋北矿山脚下由南向北穿过，是一趟拉煤专运线，火车把山里的煤炭拉出去，拉向全国各地。调皮的孩子们都喜欢扒火车出去，但听话的孩子们是不扒火车的，因为扒火车太危险。

还是来晚了，当继文革看见一列火车满载着煤炭向山外奔驰而去的时候，她也看见蔡建壮和蔡建国都已经扒上了火车。蔡建壮站在煤炭上向她不停地挥手；蔡建国正慢慢地往火车上爬。两个孩子的衣裳就像飘动的旗帜，呼呼地飘，那还不得被风刮下来啊？一旦掉下来，不是摔死就是被火车辗死，你说这多可怕？

继文革冲着奔驰的火车喊:"你们回来……你们给我回来……"
他们能回来吗?火车把他们拉走了,他们能回来吗?

火车轰隆轰隆地开往了远方,揪走了继文革的心。她自言自语地说:"哎呀哎呀,真揪心呀。"从那以后,她就得了心慌病,一有急事儿就心慌。

继文革感到心里空荡荡的,好像远去的火车把她肚子里的东西全都拉走了,肚子里空荡荡地难受。她脸色苍白,虚弱不堪,一屁股坐在铁道边,遥望远方,呼呼喘气。

保姆说:"你看见了吧,这可是你亲眼看见了吧,是他们自己扒着火车跑了,要是出点啥事儿,那可跟我没一点关系啊?从现在起,你就是给我二五一万,我也不干了,我可受不了这种惊吓。"

继文革点点头,没看保姆,看着远方。

保姆说:"那我可就走了啊?"保姆见继文革没反应,又补充说:"那我可就走了啊?"保姆把家门钥匙塞给继文革,不回头地走了。她走得很快,好像害怕继文革会拉住她,不叫她走。她回头喊道:"这个月的工钱,我不要了。"

继文革不知道自己在铁道边坐了多长时间,她想自己并没有答应孩子的母亲要带大孩子,现在也可以不管那两个孩子,也可以一走了之。可自己心里为什么这么难受,为什么总想痛哭一场呢?她心里一直在说,谁来管管这两个孩子,谁应该管管这两个孩子?

有人从铁道边走过来走过去,一步一回头地看她,好像对她愁眉苦脸的样子有点不放心。渐渐的,她害羞起来。她站起来,拍打拍打屁股上的土,往山下走去。走进办公楼的时候,她发现有人总是偷偷地看她。她心里说,看什么看,我又没答应他们要带大他们的孩子。那孩子不是我的,也不是你们的,我们都可以不管他们。同办公室的王秀春大概觉得屋子里的气氛太憋闷了,自从继文革回来以后,她们俩一直没说话,好像屋子里根本就没坐着两个人。王秀春沉不住气地说:"你也可以不管他们,你就别给自己找麻烦了。再说了,矿上的工亡子弟那么多,是你能管得过来,还是我能管得过来?你真是瞎操心呢。"

继文革不抬头,好像做了害羞的事情。

王秀春见继文革低着头不吭声,就劝道:"现在的人,你还看不出来吗?谁管谁呀,都是各顾各了,谁也不管谁了。你这已经很够意思了,这半年多,你一直忙活着给孩子找保姆,找来一个,干上两个月跑了。没爹没妈的孩子淘得厉害,谁能看住他们?不亲不养的,你就别受那份罪了。"

"可他们的父亲,是在井下挖煤死的啊。"

"那有啥办法呢?啥办法也没有啊。唉,煤矿人……"王秀春没把话说完。她本来想说,煤矿人死在井下的多了,死了就死了,又不是啥了不起的事情,谁死了谁倒霉,活着的人能好好地活着,才是最重要的事情呢。但她没那么说。

下班以后,继文革出了办公楼,不知不觉地往北山坡上走去,一直走到了高高的山坡上,走到了蔡和生的家门前。她推开院门走进院子里,看见家门锁着,两个孩子还没有回来,就坐在了家门前的水泥门台上。

西边的太阳就要落山了。西边的山梁上弥漫着红色晚霞,就像没有烟的火,在慢慢燃烧。山坡上的这一家那一家,烟囱上冒出了轻轻的炊烟。矿山的黑夜,就要来临了,马上就漆黑一片了。漆黑的夜,正在张开双臂,要把整个煤矿抱在怀里。

两个孩子终于说说笑笑地回到了院子里,刚一进院门,就立刻呆住了。

继文革说:"你俩回来啦?你俩还知道回来啊?"

两个孩子，你戳我一下，我戳你一下，调皮地笑着。

继文革想，你们要是我自己的孩子，我非狠狠地打你们一顿不可。她压住心里的火气，站起来说："你们还不过来开门啊，我都在外面坐了两个多小时了。"

老二蔡建国，扭扭捏捏地走到门前，拿起脖子上挂的钥匙开了门锁，冲着继文革笑了一下。

屋里潮湿闷热，有股发霉味儿。整个白天，阳光射透薄薄的房顶，烤得屋子里又热又潮。煤矿人自己盖的石头房子不是什么好房子，房顶薄，阳光辐射进家里，家里就像蒸笼。夏天若是不打开门窗通风的话，屋里就闷热得待不住。到了冬天呢，四处透风，家里就像冰箱。继文革熟悉那样的房子，现在觉得，这房子真不是人住的地方。她四处看了看，好像是要留下一种纪念，一种对煤矿人的深情纪念。她咬了咬牙，对两个孩子说，把书本收拾进书包里，跟我走。

继文革住在南山坡街上。南山上有自建的石头房，也有公家盖得一排一排青砖蓝瓦房，是新中国成立初期盖的房子。公家自从盖了那么一批房子，以后就再没有盖过房子。那些房子里住着建矿时的老工人，以后呢，如果有人搬走了，公家就把房子再分派给矿上的双职工，那是双职工才能享受的福利房。房子不要钱，每个月一间房交给行政科一块钱房钱，这样的规定从新中国成立初期一直延续下来。继文革和丈夫属于第二代煤矿工人，她公公给儿子娶媳妇之前，在南山上盖了两间石头房子，把两间公家房子留给了儿子。这种做法在矿上是很多的，矿上也就默认了这种做法，也就不再收回那些房子了，公家的房子就变成了一辈传一辈的了。

蔡建壮走进家里，仰起头看仰层。仰层是白灰膏抹的仰层，平展展、白光光的。这要比他们家那种纸糊的仰层好多了。那种纸糊的仰层，有牛皮纸、旧报纸，还有美女画，乱七八糟、破烂不堪。破仰层上到处掉土，发出噗噜噗噜的响声，有时还会掉下耗子，吓人一跳。公家房要比那些自建房好多了，大门大窗，玻璃又大又亮。蔡建壮看看这里，看看那里，心里很高兴。

继文革丈夫张角，看见继文革回来了，不高兴地说："你咋才回来，咋没到看孩子老人儿家去接孩子？"

平时，他们把孩子送到一个邻居老太太家里，每个月给老太太三十块钱看孩子钱。继文革上班前把孩子送到老太太家，下班后把孩子接回去。丈夫下井走得早，回得迟，一般是不接送孩子的。张角生气地说："孩子到了那个时候就哭着找妈妈，老太太抱都抱不住，孩子要命地哭。我回来的时候，老太太抱着孩子站在大街上就冲着我喊开了。"

继文革把嘴向蔡建壮和蔡建国努了努，说："我去接他俩了，你看事先也没跟你商量，我就把两个孩子接回来了。"继文革显出想让张角理解的样子，看着张角。

张角说："这就是那俩孩子？"

"这就是那俩孩子。"继文革怯生生地说。

"接过来也好，省得你有时候睡到半夜了，还想爬起来往北山上跑，一会儿担心煤烟熏着孩子，一会儿又说不知道两个孩子吃饭了没有，不知道回家了没有，反正是操不完的心。我也跟着你受够那份儿操心的罪了。"

继文革忽然笑了，说："老头子你真好，你真是天下最好最好的老头子。"煤矿女人不像外面人那么矫情，她们不管丈夫叫先生呀老公呀爱人呀什么的，一律管自家的丈夫叫老头子。年轻人也那么叫，叫起来才觉得亲切。或者是，"老头子"里面有陪伴到老的意思,所以小媳妇也管自家的丈夫叫老头子。

"老头子,我真爱你!"继文革撒娇地说,心想,要不是身后跟着蔡建壮和蔡建国,自己会亲一口老头子的。

"呵,跟我闹起浪漫爱情来了啊。"张角把嘴笑成了方的,笑着说,"结婚五六年了,我还是第一次听见你说这句话。"他给了妻子一个眼色,一个特殊的眼色。

继文革给两个孩子一人买了一个新书包,是双背带的书包。老二蔡建国,背起书包就到北山上去了。北山坡街上住着相好的小伙伴儿,他要让小伙伴儿看看。过去他一直想有一个双背带的书包,可妈妈不给买,妈妈总是说家里没钱。他背的书包是妈妈自己做的,是用黑布做的。他挎上那个黑书包总是感到很害羞,看见小伙伴儿背着花花绿绿的双背带书包就眼红,心里难受。现在,他也背上双背带的新书包了,心里能不高兴吗?他背着书包,几乎是跑上北山的,几乎是挨家挨户地到人们家里去,让小伙伴儿看新书包。他抱着新书包,没人的时候就对新书包说:"我的新书包啊,你好吗?我要背着你去上学,知道我心里有多高兴吗?我一定要好好学习,将来考上大学,当工人,挣了钱,给我姨姨花。"

有一天,蔡建国病了,躺在被窝里发高烧,继文革给他喝了退烧药。天快亮的时候,继文革来到外屋,摸摸孩子的额头,发现孩子还在发烧呢。她心想,今天早晨就不叫孩子起来了,自己到学校去给孩子请个假。孩子醒来的时候,看了一眼墙上的钟,已经九点多了。孩子哇哇地喊叫起来。这时候,继文革刚从学校回来,就听见了蔡建国哇哇的哭喊声。

"我迟到啦……我迟到啦……"孩子哭喊起来,"姨姨姨姨……你咋今天早晨不叫我……你咋不叫我……"

继文革说:"你有病了,休息一天再说吧。"

"我们老师不让学生旷课,我可咋办呀!"

继文革说:"建国,你别哭你别哭,你没旷课你没旷课,姨姨已经给你到学校请假了,老师不会批评你的。"

"可是,可是我误课了呀,我误下的课咋办呢?"

"这样吧,我再去学校一趟,让你们老师给派个好学生,下了学来家里给你补课好不好?"

"不行不行,我要去上课去。"孩子哭叫着,挣扎着坐起来,觉得头昏眼花。

继文革说:"你看你站不起来吧,你有病了你知道吗?"

孩子抓起书包,抱在怀里,呜呜地哭。每天晚上睡觉的时候,孩子总是把新书包放在枕头边,把手搭在书包上睡觉。

继文革想:唉,孩子呀,但愿你一直能像今天这么喜欢念书,一直好好地念书,我也就放心了,你妈也放心了。

蔡建壮不像弟弟那么喜欢念书,他喜欢玩。有一天,下学回家的时候,蔡建壮和同学走到锅炉房旁边,想爬到房顶上去揭瓦掏雀儿。他盘住锅炉房墙外边的一根电线杆,像虫子爬树,一蹿一蹿地爬到了电线杆顶端,然后跨到锅炉房上。同学们都笑嘻嘻地仰起头看他,还有两个孩子站在锅炉房的大门外面负责站岗放哨。工人发现了房上掏雀儿的孩子,跑出来逮孩子。你说蔡建壮多胆大?他呼一下就跳过去了,抱住电线杆子,然后滑了下去。他和同学往山坡上逃跑,把小雀儿和雀蛋都塞进了背心里。就在他抱住电线杆往下滑的时候,有些小雀儿被挤烂了,有些雀蛋挤碎了,闹了一肚子血肉、一肚子蛋黄。他撩起背心让同学看,像胜利者一样笑着说:"没事儿没事儿,还有活的呢,还有活的呢。"他把小雀儿分给同学们,说是要把雀蛋拿回姨姨家,给姨姨煮着吃,给姨姨家的小弟弟吃。他说:"小弟弟吃过鸡蛋,可他没吃过雀蛋。"他非常高兴。可是,他突然惊叫道:"我的书包呢,我的书包呢?"

书包丢在了锅炉房后边的电线杆子下,被工人捡走了。

他不敢回家,丢了书包,没法儿向姨姨交代。他想了想,就藏进了行政科院里的草房里。草房里存放着麦秸子,给人家修炕的时候,就把麦秸子切碎了,和在泥里,抹炕用。过去,他经常带着弟弟到草房里掏洞子玩,说是要给自己掏出一间金房子,他们玩得很开心。草房里的麦秸堆得很高,高的地方挨住了仰层,房子多大,麦秸堆就有多大。他和弟弟从两边掏,掏着掏着,两个人的洞子就掏通了,掏通了的时候呢,弟兄俩就抱在一起哈哈大笑。有时候,不想回家了,他就和弟弟在自己掏出的洞子里睡一晚上。那样的晚上,真能把保姆给吓死。这天晚上,他不敢回姨姨家了,就掏了一个草洞,在他看来就是给自己建造了一间黄灿灿的金房子。他睡在里面,开始感到肚子饿得难受,慢慢地才睡着了。

继文革心乱如麻,左一趟右一趟地走出家门,瞭望蔡建壮。她对蔡建国说,你在家里看着小弟弟,我去找你哥去。她急急忙忙地走到学校,学校早就关了大门。她敲开大门,问看门老汉。看门老汉当然没见着。黑洞洞的夜让她感到心里也是黑洞洞的。她上山下山,到别的孩子家里去打听,孩子们都说不知道。这可怎么办,这可怎么办?她不住地问自己,丢了孩子怎么办?怎么向矿上的人交代,怎么向地下的亡灵交代。山坡街坑坑洼洼不好走,走着走着就摔倒了,走着走着就摔倒了。她哭了,不敢出声,可眼泪却在唰唰地流。有时候,她希望蔡建壮已经回家了。她想,一开家门,第一眼就看见了蔡建壮,心里会多么高兴?孩子回来就好。她不能骂孩子,一句也不能骂,孩子回来就是最好最好的事情。可让她失望的是，孩子一直没有回来。幸亏丈夫上二班要到后半夜才回来，要不的话，丈夫现在会怎么说？她又能怎么回答？她对蔡建国说："你哪儿也别去，就在家里看着小弟弟，我去北山上看看，看看他是不是回原来的家去了。"她想，也许孩子想爸爸想妈妈了，想回家去看看，孩子要是在那个家里，那该多好啊。她深一脚浅一脚地下了南山，又深一脚浅一脚地爬上北山，摔了好多跤，两只手掌都杵破了皮。她爬上北山，看见蔡和生家那座黑洞洞的房子就像一只巨兽，正蹲在山坡上，要向她扑过来。她感到很凄凉。房子最怕没人住，没人住的房子，总是那么容易坏。窗玻璃大概让人们卸走了，她把头探进窗户里，仔细看，什么也没有看到。房顶上有几个窟窿，射进几束惨白的月光，就像一座古墓，被牛蹄子踩塌了，照射进惨白的月光。

继文革回到家的时候，已经是晚上十点多了。她想一定得在丈夫回来之前找回孩子，否则她真是没法交代。丈夫若是因此生气，不让她再管这两个孩子了，到时候怎么办？她一边用卫生纸擦着手掌上的血，一边焦急地问蔡建国，你好好想想，你哥他能到哪儿去，他能到哪儿去？蔡建国想了想，说有一个地方，他可能去，是不是去那个地方了？

"哪个地方，你快说，是啥地方！"她着急地说。

"黄金屋。"蔡建国说。

"黄金屋，什么黄金屋？"她急了。

她看见儿子睡得十分香甜，就对蔡建国说："你领我去那个地方，咱们快去那个地方。"她跟邻居家的女人说，要出去找找蔡建壮，给照看一下家里睡觉的孩子。

蔡建国领着姨姨到了行政科院里存放麦秸子的草房，在里面找到了蔡建壮。

"谢天谢地，总算找到孩子了。"她对自己说，"找到孩子比啥都好，比啥都好啊。"回到家里，她问蔡建壮："你吃饭了吗？你咋跑那儿去睡觉了，你不饿吗？"

她忙活着给孩子做饭，做了挂面跌鸡蛋，孩子平时最爱吃这种饭。碗里漂着香油花、碎碎的葱末。她拿着毛巾给蔡建壮擦脸，一边擦一边说："你看看你，造得就像个窑黑子。建国你也吃吧，你大概也没吃饭呢吧？"

蔡建国说："吃过了，用开水泡了个馒头吃。"

"那你就吃个荷包蛋，给你估着呢。"继文革说。

蔡建壮看见锅里一共有四个荷包蛋，他两个，弟弟两个，就对姨姨说："姨姨，我吃一个就行了，姨姨也吃一个。"

继文革说："今天晚上的事情，咱们谁也别跟你姨夫说，一来是别惹他生气，二来是别让他以后看不起你们。"

蔡建壮把手伸进背心里，掏出几个鸟蛋，又掏出几个鸟蛋，羞答答地说："姨姨，明天把这些鸟蛋给小弟弟煮上吃吧，小弟弟肯定还没吃过鸟蛋呢。"

继文革突然感到眼圈发热，眼泪溢出了眼眶，激动地说："这孩子……这孩子……"

蔡建壮胆怯地说："姨姨……我的书包可能让锅炉房的给没收了。"

姨姨说："不怕的，我明天找他们要去。"继文革想，自己的孩子能打能骂，能释放心里怒气，可这俩孩子不是自己的，怎么打，怎么骂？唉，难哪，不是自己的孩子，就是把自己气死了，也不能打也不能骂啊。

第二天，继文革去锅炉房要书包。锅炉房的工人冲着继文革生气地嚷道："你说说，你给我说说你是咋教育的孩子，咋把孩子教育得这么淘气？咋这么害人！"工人瞪圆牛蛋眼，瞪着继文革继续骂道："他把房上的瓦都揭烂了，踩烂了，下雨天漏雨咋办，你说咋办！"继文革羞得抬不起头来，眼泪哗哗的，说："对不起，真是对不起，我不会教育孩子，是我的错，都是我的错。"女人把话说到这份儿上，工人只能把书包还给继文革了。继文革感到很羞耻，赶紧拿着书包走出了锅炉房，她看着高大的锅炉房说："建壮啊建壮，你看看那房子有多高啊，有三层楼那么高不是吗？你一旦从上面掉下来还不得摔死啊？真是吓死我了，以后说啥也别给姨姨上去了，你听见了吗？"

晋北的冬天，是真正的冬天，地上冻出一寸宽的裂缝，矿山里刮起穿山风来，更冷。继文革想给蔡建壮和蔡建国一人织一双毛线手套。她选择了黑毛线，想织两双黑手套。每天晚上，家务活做完了，把孩子们安顿睡下，她就开始织手套。有时候，丈夫睡醒一觉，好像说梦话，不高兴地说："你咋还不睡啊，你是不是觉得自己的日子不多啦？"继文革知道丈夫不是骂她，是心疼她，就笑眯眯地说："你是想跟我挨挨肉了吧？"丈夫说："谁想挨你那堆臭肉呢。"继文革说："你快别嘴硬了，我不知道别人，还不知道你啊？你看你的眼睛都急红了。"她这么一说呢，倒觉得自己着急了，就笑嘻嘻地放下活儿，脱了衣裳，钻进了丈夫的被窝里。

继文革给两个孩子织的毛手套，是那种只有一个大拇指分开的毛手套。这种手套好戴，戴起来方便。两个孩子戴上毛手套，心里啥感觉？就觉得妈妈还活着。有一天，继文革在辅导蔡建壮写作业，突然发现蔡建壮的手背冻出了裂缝，她说："我给你织的毛手套你咋不戴，咋非要把手冻成这样？"蔡建壮就是一个不爱学习爱劳动的孩子，他总是给班里打水扫地，手上闹上水，不等水干了就去外面的锅炉房去提水,渐渐的,手就皲裂了。继文革说:"你看你这孩子咋这么不懂事呢?给你织了手套咋不戴呢?让别人看见你的手皲成这样,你说人们会怎么说我?他们肯定会说,你看看吧,没妈的孩子多可怜啊,手都冻裂了,也没人心疼呢。"

蔡建壮看见姨姨生气了,就怯生生地说:"姨姨,你别生气,我的手套丢了。"

"啥时候丢的?"继文革说。

"早就丢了。"蔡建壮停顿了一下,说,"好像戴了一个礼拜就丢了。"

"这么说……"继文革很生气地说,"闹了半天,你这一冬天都没戴手套啊?我怎么就没发现你早就丢了手套呢?你说我这粗心大意的,你说我这粗心大意的。"

"又不是我自己愿意丢的,我愿意丢吗?"蔡建壮倒好像有理了,侧着脸质问继文革。

继文革看见蔡建壮质问她,反倒心虚起来,就不敢再说手套的事情了。不是自己的孩子,说得轻了不行,说得重了孩子会受不了,这让她感到真是很为难。她只好说,抽时间我再给你织一双吧。

蔡建壮说:"冬天马上要过去了,春天马上就来了,织起来还有用吗?"

春天就像孩子说的那样,真的是很快就来临了。

1995年,春天可真是不错。

继文革听说有一家公家饭店办黄了,要转租房屋,她找到管事的领导,要把房子租下来开饭店。她想做生意,想挣钱。继文革想停薪留职,开个饭店,并且饭店的名字也起好了,就叫晋北大酒店。把自己的想法跟丈夫一说,丈夫马上火了,丈夫说:"你可真是好大的胆子,你啥都想干啊,你开过饭店吗?你过去连饭店都没下过,现在却突然想开饭店,你开得了吗?再说了,开黄的饭店最难开,那个饭店早就把人气开跑了,你咋能把人再拽回来?"

"我这不是被逼得没办法嘛。"她怯生生地说。

"我知道你啥意思,都啥年头儿了,你还想着别人?你不看现在这年头儿,谁管谁呢?煤矿这么大都管不了那两个孩子,你能管得了?"张角说,"你想管他们我不拦你,我已经让你把他们领回家来了,我这已经够意思了吧?可你总不能因为他们,把自己的工作丢了吧?你想想,你上着班,公家好赖都得给你开那几百块钱的工资。抱着铁饭碗你不吃,你想扔了铁饭碗去讨吃呀!"

"可那点工资,不是不够用嘛。"她还想说,那俩孩子就那么几十块钱抚恤金,将来又得上大学,又得娶媳妇,够用吗?她看见丈夫怒气冲冲的样子,就没敢那么说。她觉得自己很委屈。

"不够用是因为你想歪门邪道,所以它才不够用!"

"你看你这话说的,你咋说话呢?"她变脸了,生气地说,"我咋就是想歪门邪道啦?我想帮帮那两个没爹没妈的孩子,咋就是歪门邪道啦?现在的人,还叫人吗?都他妈的自己顾自己不顾别人,都他妈的太自私了。我就是不喜欢现在的人,你看现在的人吧,对别人一点怜悯心都没有。好像现在是,谁同情别人,谁就做了错事,你说这正常吗?人都那么冷酷了,还叫人吗?简直是不叫个人!"她一字一顿地说。

"你咋呀,你真想当活雷锋啊?"张角嘲笑地说。

"当活雷锋咋啦?当活雷锋莫非错啦?"她停顿了一下,说:"现在人都说雷锋有病呢,我看现在的人才真正是脑子有病呢,连助人为乐都被人笑话了,我就是看不起现在的人,都是狗屎,臭狗屎!"

两口子吵架，谁也不让谁，就那么吵，吓得小孩儿瞪着眼睛看。

继文革跟娘家人借了一些钱，跟熟人借了一些钱，给分管房子的副矿长送了一点钱，就把房子租下来了。张角虽然不同意妻子开饭店，但新社会的女人有自主权，管不了。张角其实也是一个怕老婆的男人。工友们说，你别看你当个带班班长挺厉害的，管得我们一愣一愣的，可你回到家里照样怕老婆。怕啥？怕你老婆给你扣钵儿（方言：小坑儿的意思）。张角明白工友的话是什么意思，女人要是把那个东西扣起来，还真能整治了男人呢。张角一直不搭理妻子，可过了四五天，看见妻子受得灰头土脸的样子，就于心不忍了。这一天，张角休息，他不言不语地来到饭店里帮着干活儿。继文革看见丈夫主动来受苦，心一下子就热乎起来了。她笑着，主动问丈夫："你今天咋没去上班啊？"丈夫说："咱这人，就是受苦的命，好不容易休息一天吧，还赶上女人在这里受苦呢，你说你在这儿受苦，我咋能不来受苦呢？"女人一高兴，扑上去亲了张角一口。张角觉得女人的脸上有土。

张角挥起大铁锹，哗哗地往车上铲土、铲垃圾，铲满一小平车垃圾，推出去倒了。有时候，女人也帮他推推车，他开玩笑地说："你帮不帮我无所谓，只要你别给我扣钵儿就行了。"

女人说："看你那点灰相，就知道那玩意儿好，能当饭吃啊？"

张角说："上边吃饱了，下边不是也不能饿着吗？"

女人笑着说："你好好受，受好了，管饱你吃。"

张角喊了一声："好嘞……"推起车，向外面跑。等再跑回来的时候，脸色就严肃了，他严肃地说："不好了不好了，井下出事儿了，我得去看看。"

还没等女人说话呢，男人就慌慌张张地跑了。

井下出事故了，水卷着煤泥煤块，像泥石流一样汹涌澎湃地冲进漏煤眼，淹没了采煤七队二号层采煤工作面。

队长和三个工人音信全无。

工作面几乎被煤泥灌死了。

煤泥与顶板之间只剩下四五十公分，想进去，也只能爬进去。

张角决定爬进去。不管遇险的工友是死是活，一定要爬进去看个究竟。

巷道像沼泽地。张角那一米八三的高大身体，爬行在煤泥与顶板之间那一尺多高的间隙里，显得身体那么长大。他知道，如果陷进煤泥里，他将窒息死亡；如果顶板塌落，他将丧失生命；如果煤泥再次涌来，他将彻底消失。他知道，越往里爬，死亡的概率就越大。

他像一条蚯蚓一样在煤泥上爬行了五六个小时，身上的骨凸部位，皮肉都磨破了，爬一下就像撕掉一块皮肉，烧灼疼痛。

他爬行着，如同一只被惹恼的雄狮，朝着死寂的黑暗吼开了，暴怒的吼声在矿井里回荡。

远处的黑暗中有了回声，是渴望生命的呼救声。

遇险的四个工友，大概只活着这一个了。

张角的胳膊肘用一下力，胳膊肘就会陷进煤泥里，两只脚尖也会蹬进煤泥里，那是非常艰难的爬行。他一边爬一边喊，里面的人就一次次地回应。那个回应的人叫唐利民，煤泥把他冲到了最高处，他没有被煤泥覆没。

唐利民的腿断了，他根本没想到煤泥会把他冲到最高处，所有的经历都是一个昏昏沉沉的恐怖过程。

张角终于爬到了唐利民身边，他连接起三条矿灯带子，一头儿搂腰拴住唐利民的腰，一头儿拴住自己的腰。张角开始向外爬，拽着带子上的那个人向外爬……两条生命连接在一条带子上。

张角还想救活一个、两个、三个,但可惜的是,爬行了一天一夜以后,他从煤泥里挖出的第二个工友,已经像一截木头。

矿工们三天三夜不上井,疯了一样呼喊,疯了一样掏煤泥,即使弟兄们牺牲了,也要把弟兄们的尸体找回来安葬了。

三天了,张角还没有从井下上来。继文革觉得,这三天就像三十年一样漫长,总是盼不到头。继文革几乎没睡觉,也没去收拾饭店,她没心思去收拾饭店。她每天抱着儿子,来到井口边,看着井架上一刻不停地在空中旋转的天轮。就是这个旋转的巨大天轮,把井车盘拉上来送下去,也把下井工人拉上来送下去,可他们要被送到地下多深的地方呢?听说是五六百米深的地方,五六百米是多深呢?她想象不出那是一个多深的地方,是一个什么样的地方,只能想象出那个地方就像黑夜一样黑暗,或者比黑夜更黑暗。黑夜有星星,有月亮,可那个地方,没有星星月亮,那个地方是真正的黑暗,在那样的黑暗中工作,多艰难啊。她等待着下井的丈夫,想着稀奇古怪却又是很害怕的事情。

据说多年以前,也就是解放前吧,女人是不允许到井口来的。人们认为女人自带血光,女人来井口是不吉利的事情。据说窑神爷最不喜欢女人到井口来,女人一到井口来,窑神爷就不保护井下的男人了,井下就可能大顶塌落,瓦斯爆炸,或者大火熊熊。那时候的煤矿不叫煤矿,叫煤窑,是私人财产。所有的人都给一个人干活,挖上来的煤都是一个人的,那可真是一个不公平的社会。那是旧社会,到了新社会就不同了,新社会的煤矿是公有制,所有的下井工人都有一份。人们管那一份叫作责任,他们下井挖煤的性质就变了,他们是既给自己挖煤,又给国家挖煤,甚至是给全世界挖煤。挖煤的性质变了,所以挖煤的兴致也变了,人们带着一种责任感去下井挖煤,具有很高的工作兴致,没有那么高尚的工作兴致，他们哪能不怕死呢？可是现在，风气变了。她理解不了这样的风气，她不喜欢这样的风气，她发现大部分人都对这样的风气有意见，大多数人和她一样，都不喜欢这样的风气。她想爱国家、爱集体，甚至是热爱别人，又有什么错误？现在的人，为什么要丢掉那样的思想，为什么会把那样的思想当作是丢人的东西？她认为人们现在这样，肯定是错了。她不能阻止自己乱七八糟的想法，但没有那些想法陪伴她，她会坚持不住的。她得想着那些想法，消磨时间，等丈夫从井下上来。这样她心里轻松一些，就不那么害怕了。在她的思想里，她极力反对自私自利，抵触那些东西。她希望人们能正确地理解一个社会，能正确地理解生活……

有时候，有认识的人从井口出来了，她就向他们打听情况，她说："你们看见张角了吗，他怎么样，他没事儿吧？"

有人就对她说："小继，你放心吧，张角好好的，正在井下救人呢。"

"可他吃什么，已经三天三夜了，他吃饭了吗？"她颠一下怀里的孩子，心急地问。

"饿不着他们，矿上每天都往井下送饭呢。"

她的心，扑通扑通地跳。

继文革每天都累成灰头土脸的样子，总算把饭店装潢出来了。饭店是二层小楼，小楼坐落在一个长方形的院子里。院里有三间平房，一间房做财务室，剩下两间房，她和丈夫儿子住一间，蔡建壮和蔡建国住一间。饭店就那样开张了。有一天，矿工会组织完群众文艺表演，工会的人到继文革的饭店去吃饭。饭后，王秀春没走，就搭讪着说："小继，你这儿雇杂工吗？要是雇杂工，我来给你洗碗洗筷子行不行?"继文革说:"你别逗我了,你不缺吃不缺穿的,能受这个罪?我要不是被生活逼迫,你说我能开饭店吗,能受这个罪吗?"王秀春说:"唉,你说你受罪了,可有些人还说你占便宜了哪。"继文革皱了皱眉头,盯着王秀春说:"我占啥便宜啦,占谁的便宜啦?"王秀春说:"也就是我,才跟你说这些寒×话呢。"王秀春顿了顿说:"工会里的人都议论你呢,说你是不是把孩子的抚恤金都花在饭店啦?是不是贪污啦?反正说什么难听话的都有啊。你呀,你这饭店说啥也得开成功呢,你要是开不成功啊,将来想回去上班都没法上啦。"王秀春长长地叹息了一声。

"谁说那种话谁昧良心?"继文革生气地说,"你说我放着每个月好几百块钱的工资我不挣,我停薪留职就是为了占孩子那点抚恤金的便宜?两个孩子一个月一共才 78 块钱抚恤金,我值得占那点便宜吗我?"

王秀春说:"我知道你不是占那点便宜的人,我不过是听到了那样的闲话,跟你说说,你可别生气哦?"

"我能不生气吗我?"继文革已经气得脸色苍白了。继文革说:"你说两个孩子没爹没妈的,没人管行吗?你说我管管两个孩子,犯着谁的事儿了,他们这样糟蹋我?再说了,你是不知道呀,那个老二还挺听话,可老大蔡建壮啊,真是没完没了地给我惹祸,我真是没完没了地给人家说好话呢。"她气得唾沫星子飞溅:"我真是冤枉死了我!"

蔡建壮的确挺能惹祸。有一年冬天,蔡建壮在学校里突发奇想,他从炉子下面掏出一簸箕炭灰,放在了门头上,想砸一下迟到的学生,给那些经常迟到的学生一点教训。

同学们都怀着好奇心,眼巴巴地盯着门头上盛着炭灰的簸箕,想在下一时刻发出开心的爆笑。这是学生们喜欢的一种恶作剧。

迟到的学生心里着急,根本顾不上头上会掉下东西,急忙推门往里走,正好被上面掉下来的东西砸在头上……

教室里非常安静,超出了任何时候的安静。

可意外的是,一直没有迟到的学生。同学们一定都和他一样,怀着忐忑的心情,等着看笑话。

万万没有想到的是,他们的老师,抱着厚厚一摞作业本来到了教室门前,用作业本顶开门的刹那间,那一簸箕炭灰就哗嚓一下砸在了老师的头上。在一团灰色烟雾中,他们看见老师弯下腰去,很长时间没有起来。

作业本散落了一地。

学生们没有一个笑的,教室里静得就像一块巨大的冰块儿。

老师气得不给上课了,校长把蔡建壮叫去,很凶很凶地吼道:"去,把你家长叫来!"

蔡建壮知道自己惹了大祸,就去找弟弟商量。弟弟说:"咱们爹妈都死了,没有家长,只能叫姨姨来学校了。"

继文革正在饭店里擦玻璃,她没有雇清洁工,她就是饭店里的清洁工。饭店里的桌椅板凳都要自己擦,玻璃门窗也要自己擦。煤矿上的煤面子到处飞,又脏得快,前脚擦了,后脚又脏了,还有垃圾要倒,地板要拖,她每天都没有一刻闲工夫,连跟着她跑前跑后的儿子都变成了小脏猴儿。这会儿她正在擦玻璃,突然看见蔡建壮和蔡建国回来了,心就里咯噔一下,心想他们今天咋这么早就回来了,莫非在外面惹事儿啦?她每天都因为这两个孩子而担心,就怕两个孩子出去给她招惹是非。这两个孩子不是她的,她怕别人会说闲话:你们看见了吧,不是她自己的孩子她不管吧?可惜了两个孩子啦。

她看见了两个孩子,赶快从窗台上跳下来,心在嘭嗵嘭嗵地跳，好像心要跳出来了。她迎着两个孩子着急地说："你俩咋这么早就回来了，咋没上完学就回来啦？"

两个孩子唯唯诺诺地说，校长要他们回来叫家长到学校去。

"咋啦，你们又咋啦？"不用问，就知道孩子又惹祸了，她嘟嘟囔囔地说，"我就知道你们又惹祸了。"

蔡建国说："我没惹祸，是哥哥惹祸了，哥哥把一簸箕炭灰放在门头上，把老师砸着了。"

蔡建壮说："我不是故意的，我是想砸一下迟到的学生，可没想到砸了老师。"

"是不是把老师的头给砸破啦，是不是砸破啦？"她着急地问。

"没砸破头，就是把老师砸得蹲下了。"

她说："那还好那还好。"

继文革害怕成什么样子？见了校长，吓得连头也不敢抬，翻起白眼珠偷看校长。

校长对继文革吼道："你把老师给我请回来，请不回老师来，我就开除你家的孩子！"

她到市场里买了一只卓资山熏鸡，还买了水果，急匆匆地到老师家去了。老师拒而不见，快要气死了，没想到自己辛辛苦苦地教学生，却教出一群白眼儿狼来。老师很伤心，拒不见蔡建壮的家长。

继文革在老师家门前站了好长时间，冻得哆哆嗦嗦。

老师还在生气，好像是，刚刚被炭灰砸着的样子，灰头土脸地嚷道："你去你去，去一边儿去！学校要是不开除他，我就不当这个老师了！"

继文革扒在门框上说："老师呀，你是不知道呀，要是我自己的孩子干了这么坏的事情，开除他就开除他吧，应该开除他呢。

可他偏偏不是我的孩子，你说这事儿，我不管也得管不是吗？"

老师怒冲冲地嚷道："不是你的孩子你管啥？当了英雄就是你的孩子，干了坏事就不是你的孩子？你们这些当家长的，是怎么教育孩子的，怎么把孩子教育得这么坏！"

继文革觉得有希望了，只要老师能跟她说话，她就觉得有希望了。她小心翼翼地推开门，走进去，脚步非常轻，像猫一样，不敢走出一点动静。

她没指望坐下，也不知是冻的，还是吓的，浑身还在颤抖。她说："唉，老师呀，都是我不好，是我不会教育孩子，才教育出了这样的孩子。老师，千不好万不好，都是我不好，你就消消气吧，要不你打我两下？"

"你出去，你给我出去！"老师大声嚷道，"你把我当成啥人啦？把我当成警察啦！我是警察？"

她吓得不敢抬头，头皮发麻。

"老师，你就原谅这孩子吧，这孩子可怜哪，从小没爹没妈的……"她突然哭开了，哭孩子可怜，哭自己受了委屈。

老师说："你说什么？你说蔡建壮没爹没妈？他咋回事儿，你跟我说说他咋回事儿？"

"我叫继文革，原来在工会劳保部工作……"

老师突然打断了继文革的话，老师说："你就是那个继文革？就是那个收养了两个孩子的继文革？蔡建壮……哦，这我就对上号了，原来你就是那个捡了两个孤儿的女人呀，这可真是的，这可真是的。你快坐下，你快坐下。"老师脸上有了一点笑模样，那笑模样是很尴尬的，好像是又哭又笑。老师说："我前几天才从上面的年级组调下来，原来听说过你的一点事情，今天才对上号了，这也叫不打不成交哈。你不用多说了，我下午就去上课，我保证不开除蔡建壮,不但不开除,我还要好好地教他呢。"

继文革不敢相信眼前的情景,很狐疑。她心想,在这个世界上,还是好人多啊。

老师说:"我不计较蔡建壮了,我真的不计较他了!"

"那可真是太谢谢老师了,真是太谢谢老师了。"她的眼泪比刚才更多了。她抬起手背抹了一把泪水,羞答答地说:"我给老师买了点东西,就算是赔礼道歉吧。"

老师不收,继文革要给,两个人你推我搡,推来推去。继文革扔下鼓鼓囊囊的兜子跑了。

兜子里装着一只卓资山熏鸡。

矿上缺水。过去在家里的时候,家里有两口大水缸,等到定点来水时,继文革就赶紧接两缸水,等到哪天又来水了,就再把水缸蓄满了,也没觉得多缺水。可开饭店就不行了,饭店用水量大,洗菜淘米,擦桌子洗地,人们来了,还得给人们伺候上干净水,煤矿工人手黑,一个人就洗一盆子黑水,还得再换一盆,没有水可真是不行啊。她想,公家开饭店开不下去,就凭这缺水也开不下去,公家人没那么勤快,哪能伺候得那么贴切?就凭着不给人们准备干净水洗脸洗手,还不得把人都脏跑了?可她不行,她起码得给人们供足洗手水和洗脸水。工人们看见老板娘给端来一盆新水,就高兴地说,到这儿来吃饭好,老板娘给一盆一盆地倒水,让人活得尊贵。她的饭店在矿上有个好名声,来吃饭的人就越来越多。饭店就是这样,一旦红火起来,那势头按都按不住。

有时候矿领导也来饭店吃饭,矿领导说:"小继呀,你这饭店可开得挺火啊,想必是挣了不少钱吧?可是我要告诉你,你租的是公家的房子,公家要是用房子的时候呢,你可得无条件地归还啊。"

这话什么意思？继文革心里很明白，赶快给领导上甲鱼上皮条（蛇），上山珍海味，上茅台五粮液，不要钱，还得弯腰撅屁股地说："全凭托领导的福了，全凭领导照顾了，谢谢领导了。领导要是能看得起我这小店的话，可要经常来啊？"他们一顿饭就吃去饭店十多天的利润，可不让他们吃，能行吗？找个借口给你断电断水，你还能开饭店吗？煤矿本来就缺水，说你浪费水了，你一点辙都没有。

挖煤多年，地下都挖空了，水脉也挖断了，煤矿上缺水的情况已经越来越严重了。一旦过了定点送水时间，人们就说自己是"上甘岭"了。那种形容一点不错。继文革觉得，自己现在最怕的就是怕饭店里没有水。可她一个人怎么能忙得过来？丈夫天天下井指望不上，三个孩子都不能当劳力使用，她想了个办法，让别人做了个拉水车。拉水车是小平车上安装了一个大柴油桶。有时候饭店停水了，她就到山坡下的水泵房去拉水。多数时候是饭店里的员工帮她去拉水。有时候员工们太忙了，顾不上帮她，她就叫上蔡建壮和蔡建国，还有她自己的儿子——拉水车那么高，也帮着她推水车。沿路的人们就开始说闲话了，有人就说，你们看看，你们看看吧，她让两个孩子给她当奴隶呢，挣钱挣得心都黑了。

更有甚者，就明着对两个孩子说，你们咋那么愣呀？矿上给了你们抚恤金，你们为啥不自己过，为啥要把钱交给她？她还让你们去拉水，她雇人拉水不得花钱吗？你们为啥要白白地给她当奴隶呢？

继文革也经常听见有人跟她学话，觉得自己委屈死了。

两个孩子听了别人的挑唆，心里也不好受，觉得自己没活出个男子汉的样子来。慢慢地就产生了想要自己出去过日子的想法。有一天，蔡建壮就把这个想法和继文革说了。他说："姨姨，我和建国一天比一天大了，也不能老拖累你了，我俩想自己出去过日子。"

孩子的话，说的好像还算客气，通情达理。

继文革心说，真是难死了我！眼泪就像断了线的珠子，扑簌扑簌往下落。她说："你们俩可能听了别人的挑唆，也可能真的是想独立生活了，可能真的是想成为男子汉了。这样也好，出去锻炼锻炼，对今后有好处。"话是这么说，可心就像给人割了一刀，一下子就割掉了半个心，心疼。她流着泪说："咱们在一起生活了好几年，已经有感情了，已经是一家人了，你们出去以后呢，咱们还是一家人，现在就当你们已经真正长大了，不出去不行了。雀儿长大了，不是也要飞走吗？就当你们是长大的雀儿，能飞了，你们就去展翅高飞吧。"

继文革给孩子买了十斤鸡蛋、二十斤白面，还有其他一些生活物品，包括油盐酱醋什么的。有时候，她会躲在高处的山坡上偷看院子里的动静，当她看见孩子在院子里劈柴打炭，准备自己给做饭时，真想把孩子喊回饭店去好好吃一顿。可她又突然阻止了自己的想法，她热泪盈眶，憋着好多话，来到了蔡和生老婆的坟前，和蔡和生老婆说话。她说："大姐啊，两个孩子和我分家了，我们不在一起过了,他俩租了一间房子。你们原来的房子早就塌了，不能住人了。他们听了没良心的人的挑拨，不信任我了，所以自己出去过日子去了。其实让孩子自己在外面过过日子也好，这就能让他们早一点知道人世间的辛苦，也能早一点成人呢，早成人总比晚成人好啊。穷人的日子有多么难过，不让他们早点知道能行吗？不行呀。我得让他们从小养成正确对待生活的习惯，这是我更重要的责任啊。"

蔡和生老婆说:"你能这么用心地对待我的两个孩子,我就放心了。我在地下等着你,等你来了的时候呢,我给你跪下。"

"跪下不跪下就不用了,你只要能理解我是怎么对待你的两个孩子就行了。真的,不是自己亲生的孩子,那是打不能打,骂不能骂啊,难哪。"

"你看你,说着说着话,怎么就流起泪来了?你别站着了,站着怪累的,你的心脏又不太好,你也得注意自己的身体呢。你坐下,就坐在我的供台上,那儿平,好坐,坐下来咱姐妹俩好好唠唠。"蔡和生老婆用手抹了抹水泥供台,说,"你坐下,你坐下,坐下慢慢说。"

"你不知道啊,你不知道我是多么盼望两个孩子赶快长大啊,赶快长成和他爸爸一样高大健壮的男子汉啊,到时候再找一份称心如意的工作,娶妻生子,成家立业,我就心满意足了,我就满心幸福了。你说是吗?"

矿山的景色展现在继文革的眼前,山上没有树,岩石就像刀砍斧劈一样,刚劲坚硬。跳来跳去的麻雀是黑的,就像滚动的煤块儿。马茹茹是一种耐旱植物,身上长着很多刺,像仙人掌的刺。大概耐旱植物都会长刺的,那样才会显得坚强有力。朝气蓬勃的太阳,照耀着整个矿山,山坡上一片寂静,好像是一种不吱声的坚强的沉默。

"大姐,你不知道啊,现在的日子变化得可真大啊,现在的日子已经越来越不像过去的日子了,现在什么都放开了,也不给我们分派住房了,现在大家要自力更生,怎么办呢?只能自己靠自己了,过去人还有个同情心,还喜欢互相帮助,可是现在,谁也不顾谁了,世道就这么变了,变得让人心里难受啊。唉,往后想想,真是心里害怕呢。"

蔡和生老婆说:"你别想那么多了,想也没用啊。你一个人,是阻止不了的,别再想那么多啦。"

继文革说:"不想不行啊,我这个人就爱胡思乱想呢,就凭胡思乱想活着呢。你说孩子他爹吧,是在井下挖煤死的,没有他们去冒死挖煤,谁家能有温暖的炉火,谁家的灯能那么亮堂?自古以来就是他们支撑着这个世界,养活着这个世界,我们能不讲良心吗?他们如果不是死在井下,不是还在给我们挖煤吗?他们挖了多少煤,给了多少人好处?我们能不记住他们吗,能不报答他们吗?我们活着的人是幸运的,我们的幸运是因为他们替我们死了,我们活着的人应该拿什么来报答他们呢?我们只能尽一点微薄之力,来照顾他们留下的骨血,给他们一点点报答啦。他们没过上好生活,所以我们应该想办法让他们的孩子过上好生活,这就是我的一点心愿啊。"继文革摸了摸坟头,好像是在抚摸着一个人的脸。

"你真是我的好妹妹啊,你说的一点不错,我丈夫下井的时候,我吓得连觉都睡不着,整夜整夜合不上眼睛,稍微合上眼就做噩梦。他去下井了,我的心就跟着他到了深深的井下,那种生活,真是让我难受呢。每当他从井下回到家里的时候,你猜我怎么想?我的第一个想法就是:啊,亲爱的,你又活着回来了!那时候,我真是不知道要把我全身的什么东西献给他,任他享用啊。"

"谢谢你能那样待他,原来你也像我一样么对待过一个男人,让我们记着他们,怀念他们,从心里感激他们吧。"继文革说。

"我的好妹妹呀,我们在地下谢谢你啦。"

"谢啥呢?这都是因为我们能理解下井工人,我们不对他们好,不对他们的孩子好,良心上能过得去吗?可是也有一种人对不起他们,那些人是没有人性的寄生虫,他们贪得无厌,不管工人死活,只顾往自己兜里揣钱。他们贪污浪费,尽干不要脸的事情。他们糟蹋的那些钱,都是煤矿工人下井挖煤换来的钱。那都是用生命换来的钱呀,可他们轻而易举地就给挥霍了,那些人真是对不起那些逝去的生命啊。"她擦了擦脸上的泪水,觉得自己突然坚强了许多,一下子也轻松了许多。她站起来,俯视着蔡和生老婆的坟头说:"大姐,我的好大姐,我该走了,我还得赶快回去做营生呢。等有时间我再来看你,心里烦了,就再来和你唠唠。"

　　洗锅刷碗做饭,劈柴打炭洗衣裳,这能是两个男孩子干的事情吗,是两个少年过的日子吗？别的孩子回到家里,有妈妈伺候,衣来伸手饭来张口。可蔡建壮和蔡建国就不一样了,他们下学回家,看见家里空房一间,灰桌子冷板凳,根本没有一点家的温暖。他们自己做饭,做出的饭是生一顿熟一顿的,有时候根本不能吃。蔡建壮和蔡建国,只在外面过了一年,就撑不住了。他们不但花光每个月的抚恤金,还花光了继文革给他们攒下的三千块钱,实在是在外面撑不住了。蔡健壮对弟弟说:"你去找找姨姨,就说咱们还想回去。"蔡建国说:"我嫌羞得慌,不敢去找姨姨。当初是你跟姨姨说要出来的,要找还得你去找。"蔡建国早就对哥哥不满意了,经常和哥哥顶嘴吵架。实在坚持不下去了,蔡建壮就去找继文革了,低着头,说:"姨姨,我们还回饭店呀。我们那点儿钱连半个月都活不了,我们回呀。"

　　继文革说:"你不是说我拿你当奴隶了吗,你还回来做啥？"她是说气话呢,怎么舍得让两个孩子在外面受苦受罪？两个没爹没妈的孩子在外面租间房子,计划着总也不够花的钱,像大人一样,打炭劈柴,生火做饭,折腾得就像脏猴似的,她能让两个孩子在外面过那样艰难的日子吗?

她强忍着眼泪,笑着说:"姨姨早就想让你们回来了,早就想过去叫你们了,可饭店太忙了。这你是知道的,所以一直耽搁着没去叫你们,说回就赶快回吧,赶快回!"

两个孩子那个高兴呀,把破鞋烂袜子一扔,背起书包就往饭店跑。

饭店里有厨师做饭,吃什么饭都可以。但继文革想亲自给孩子们做一顿饭。其实也不是什么好饭,就是做起来辛苦一点。继文革过去常说,这也就是一顿穷人饭,没有山珍海味,花不了多少钱,可吃起来就是香。她做的是什么饭?薄饼卷大葱。薄饼烙得就像煎饼一样薄。吃的时候,把煮鸡蛋弄碎了,铺在薄饼上,放上两片肥肥的猪头肉,卷点榨菜丝,再多少抹点大酱,最好是山东大酱,最后加一棵葱白。一张饼卷起来就像两岁小孩的胳膊一样粗,张大嘴咬一口,咔嚓一声,那种声音听起来可真过瘾呢。光凭那种声音,就够馋人的了。

继文革把一张一张薄饼烙出来,为了吃的时候不干不硬,烙一张就往搪瓷盆子里放一张,盖上锅盖,就那样烙一张捂一张,非常细心。她是约莫着时间做饭的,丈夫快回来了,饭也就做好了。过去多少年,她都是那么约莫着给丈夫做饭的,丈夫刚一进家门,洗了手洗了脸,就开始吃现成饭。只要丈夫下井不出事故,回来的时候,正好就是继文革做好饭的时候,不凉不热正好吃。继文革估计丈夫就要回来了,就对蔡建壮和蔡建国说:"你们俩快去里屋藏起来,等你姨夫回来,给他个惊喜。"两个孩子就笑呵呵地藏进里屋去了。没多长时间,张角就进门了。张角一进门就说:"吃啥饭呀,别又是厨师做的饭吧,厨师做的饭我可真是吃够了,没有一点家里饭的味道。"

"你不吃厨师做的饭你想吃啥饭，我每天快要忙死了，能顾上给你做饭？"继文革压抑住自己，不让自己笑出来。

"可我就是想吃你给我做的饭呢。"张角突然看见锅台上盖着个搪瓷盆子，想起了过去那个熟悉的情景，他想不会是老婆今天高兴，给烙了薄饼吧？可真想吃一顿薄饼卷大葱了。他急忙揭开搪瓷盆子上的锅盖，一眼就看见烙饼了，他高兴地说："哎呀，老婆你真好，你可真是我的好老婆哎！"他伸过嘴去，想亲一口老婆，被推开了。

继文革说："去去去，你别高兴得太早了，以为这是给你烙的薄饼啊，那是给他们俩……"她压低声说："建壮和建国回来了，他俩不好意思见你，你还不赶快把两个孩子请出来？"

"这有啥不好意思的。"他笑着，走进里屋去了。里屋马上就有了笑声。张角抱着建国出来了。

继文革说："咱们一家又团圆了，一家人在一起比啥都好，没吃的，打一锅玉茭面糊糊也喝着香。"她又冲着两个孩子说："你们说是吗？"

蔡建壮大口大口地咬着薄饼卷，咬得咔嚓咔嚓响，他一边吃一边说："这饼真好吃，还是原来的味儿。"

晚上睡觉的时候，张角知道妻子高兴，自己也高兴，就钻进女人被窝里，说："好老婆，你再给我养个闺女吧？"

老婆不表态，不说养也不说不养，反正是不表态。

张角说："你倒是表个态呀，你能不能再给我养个闺女？一儿一女多好，你说一儿一女多好？咱们家现在也不困难了，也能养得起了，你就再给我养一个吧。"

"那能由人吗，要是再养个儿子咋办？"

男人说："再养个儿子也好，'哥儿俩好'嘛。"男人调皮地用划拳声调挑逗继文革。

继文革说:"咱们家都养了一窝孩子了,你还不嫌多,还想养啊,你养得起吗?"

张角说:"养得起养得起,人多力量大嘛,越多越好。"说着话,就有动作了。

"去去去,你养得起,我养不起。"女人娇气地转过身子,给了男人一个脊背。

"这女人,咋又扣钵儿啦?"张角说。

蔡建国从悬崖上摔下来了,把胳膊摔断了。

蔡建国怎么会逃学,怎么会和几个同学跑到晋北矿最高峰下去玩耍?那里草木丰茂,据说过去还有狼窝,是很少有人涉足的地方。

孩子们一路上都玩得很开心,一会儿捉松鼠,一会儿逮蚂蚱,一会儿摘红溜溜的马茹茹。马茹茹有毛毛儿,吃起来闹得嗓子挺痒痒。有时候,一个孩子站着尿尿,边尿边喊:"一滴嗒二嘀嗒,谁不嘀嗒烂鸡巴。"孩子们就都开始尿尿,重复着那样的话,孩子们边走边尿,尿得很有技术。

晋北矿最高峰是一道万丈绝壁。老鹰在悬崖峭壁上做了窝,盘旋着的老鹰看护着它们的孩子。山峰上有一座辽代石塔,据说没有人能上到塔那儿去,人们总是奇怪地说,都没人上去过,可古代人是怎么在上面修建了石塔呢?古代人啊,可真是了不起呀。蔡建国常想,等自己长大了,一定要上到最高峰上去看看,看看那座石塔。孩子们兴致勃勃地说,咱们要是能爬上去,掏几只老鹰娃子,养大了,让老鹰给咱们逮野兔儿,咱们吃兔子肉,那该多好啊。可是,当孩子们站在悬崖下,看见悬崖那么高,看见飞旋在半山腰上的老鹰就像一只一只苍蝇,孩子们害怕了,不敢往上爬了。蔡建国对孩子们鄙弃地说,胆小鬼,你们都是胆小鬼,要是打起仗来,我肯定你们都得当叛徒。他兴冲冲地说,来,你们看哥的,看哥咋爬上去掏下老鹰来。他让一个孩子蹲在悬崖下,说是要搭马架。那个孩子挺听话,面朝崖壁,乖乖地蹲下了。他抬起一只脚,踩在那个孩子的左肩上,又抬起一只脚,踩在那个孩子的右肩上,喊一声:"起!"那个孩子就嘿呀嘿呀地往起站,其他孩子就往起托,大家都用力,就把蔡建国顶上去了。他往悬崖上爬,孩子们都仰起头看他,向他喊:"你要是觉得爬不上去了,就别爬了,下来吧,千万别摔下来啊……"

蔡建国向下看,同学们都变小了,他觉得自己很伟大,骄傲地喊道:"没事儿,你们就等着哥给你们掏下老鹰娃子吧。"

老鹰在高空上盘旋,有时向下俯冲,好像要啄一下爬在悬崖上的蔡建国。

爬着爬着,蔡建国的一只手居然碰到了马蜂窝。马蜂一下就炸窝了,呼一下冲向了蔡建国。蔡建国的头上突然被马蜂蜇了一下,就像被扎了一锥子,他"啊呀"大叫一声,就从悬崖上摔了下去……

同学们被吓得惊慌失措,大嚷大叫,都说蔡建国肯定是摔死了。有的同学哭着说,蔡建国摔死了,蔡建国摔死了,这可咋办呀!你看他不睁眼睛,头上有那么多血,胳膊上也有血。同学们朝着蔡建国大喊,蔡建国没有一点反应。孩子们就开始推脱责任了,大家说,不是咱们叫他摔死的,不是咱们叫他来的,是他叫咱们来的。有的孩子说,我爸爸平时就不叫我跟蔡建国一块儿玩儿,这回让我爸知道了,非打死我不可。那个搭马架的孩子说:"你们谁也别跟别人说,别说是我架他上去的,你们谁也别跟别人说,你们听见了吗?"有的孩子吓得妈呀妈呀地哭喊着。

孩子们说,快到山下去叫大人去吧,你们俩快跑回去叫大人,我们把蔡建国抬下去。

就在孩子们要抬起蔡建国的时候,他突然睁开眼睛,活过来了。蔡建国脸色苍白,疼得龇牙咧嘴,但一声没哭。他对一个同学说:"你快去叫我姨姨,快去叫我姨姨。"

继文革听说蔡建国从悬崖上摔下来了,吓得一屁股坐在了地上。她捂住心口窝,捂了好大工夫,才把一口气缓过来。她呼吸困难,感到自己快要憋死了。她从地上爬起来,磕磕绊绊地往悬崖那边跑。她知道那个悬崖有多高,从悬崖上摔下来是要摔得粉身碎骨的。她哭着说:"你说这孩子,你跑到那么荒野的地方去干啥。那个地方过去住着狼,大人们都不敢去,你说你一个孩子家,咋就那么胆大呢?"当她气喘呼呼地跑到山坡上的时候,看见孩子们正轮替着背着蔡建国往山下走。她估计蔡建国还活着,只是不知道摔成什么样子了。她心想,建国没死,建国还活着,活着就好,活着比啥都好!

蔡建国被送进医院,经过检查,医生说头没事儿,就是左胳膊摔骨折了。

继文革在煤矿多年,对骨折并不陌生。她常常听到有人说,谁谁谁胳膊被砸得骨折了,谁谁谁腿被砸骨折了。她知道骨折就是骨头裂缝了,或者是断裂了。

继文革说:"这可真是够有运气了,从悬崖上摔下来还不得摔个粉身碎骨呀?虽然是胳膊骨折,但这真是不幸中的万幸,肯定是孩子爹妈在地下保佑了孩子呢。你说你多不省心呀,这多危险呀,你要是摔死了,让我咋向全矿的人交代,咋向你爹妈交代!你呀,你这一摔,把我的心都摔碎啦。"

有的孩子家长害怕担责任，就提前对继文革说："蔡建国摔着了，可不关我们孩子的事啊，可不是我们孩子领他去的，是他领着我们孩子去的。"说话间，孩子家长就打孩子，一边打一边骂："我再叫你跟他一起玩……再叫你跟他一起玩……我打死你……我打死你……你等着，以后我要是再看见你跟那个野孩子一起玩，我非打死你不可！"

继文革听着，感到很羞愧，真想找个地缝钻进去。

继文革每次想起这件事情，心脏就嗵嗵嗵嗵地跳。就像胸腔里有一只蛤蟆在蹦，蹦得她心里难受。

后来，她跟孩子们回忆过去的时候，笑着说："你们都是些不省心的货，等到长大了，才一个一个听起话来，才一个一个让我省心了。想起过去的日子，真是心酸害怕又想笑呢。"

孩子们就赶快说："姨姨，您快别提过去了，您一提起过去就让我们想起死去的父母，就心里难受。姨姨，咱们以后别提过去了，好吗？"

蔡建壮开工资了，要把工资交给继文革。继文革说："这要是你妈活着，看见你开工资了，该多高兴啊。"

"姨姨，我说不叫您提起过去了，您咋偏要提起过去呢！"蔡建壮好像有点不高兴了。

"好好好，姨姨年岁大了，脑子不好使了，以后再也不提过去了，再也不提过去了。"她看着蔡建壮的眼睛说，"姨姨不能要你的钱，你自己攒起来吧，攒起来，将来娶媳妇。"

"我自己攒不住钱，有多少花多少，还是姨姨给我攒着吧，姨姨能攒住。"蔡建壮就像小孩子一样笑着。

若是亲生儿子开了工资，她可以要过来，攒起来。养子不能那样做，可孩子将来要娶媳妇，要用钱，不攒钱又怎么能行？这让她多发愁啊。给孩子娶了媳妇,孩子才算真正长大了。她就是怀着那样想法,不辞辛苦地拉扯着孩子,盼着孩子结婚生子。

继文革突发心脏病,被120拉走了。

蔡建壮和蔡建国闻讯后,跑到病床前,抽抽搭搭地哭开了。过了一会儿,又来了一个孩子。医生和护士都感到奇怪,奇怪她这样的年龄,还不到五十岁,怎么就养了三个孩子?这不是严重违反了计划生育政策吗?她是怎么躲过的呢?

蔡建壮追着医生说:"大夫,你一定要救救我姨姨,我求求您了!"

这就又让医生奇怪了,这个小伙子,原来不是患者的儿子。可一个大小伙子、一个男子汉,怎么会因为姨姨有病而在大庭广众面前哭成一个泪人?这是一个什么样的姨姨,又是一个什么样的外甥呢?

继文革的鼻孔里插着氧气管,微弱地说:"建壮啊,我就知道我该有病了,人一旦挺过了最艰难的日子,就该有病了。"

"姨姨……姨姨……"蔡建壮大声哭起来,一边哭一边说,"我知道姨姨是咋得的心脏病,姨姨是让我气出的心脏病啊……姨姨……姨姨……姨姨……"

医生说:"赶快把这后生拉走,病人需要安静,不能让病人过于激动。"

医生对蔡建壮说:"你赶快离开你姨姨,你姨姨是心脏病,心脏病最怕激动,你知道吗?你这样哇哇地哭,是会要她的命的。你快离开,你快离开。"

医生和护士都感到奇怪,怎么一个大小伙子会那样哭他的姨姨?

当医生和护士知道了过去的一切时，不禁潸然泪下。医生和护士都说，这个女人，真是太感动人了。这世界上，哪还有这么好的女人啊！

医生对护士说："快，我们要尽最大的努力，救活她！"

蔡建壮结婚的时候，好像全矿的人都跑去了，就连不咋出门的八九十岁的老人也颤巍巍地去了。大家都想看看那个小时候流淌着鼻涕的孩子，一个调皮的孩子，一个扒火车的坏孩子，是怎么结婚娶媳妇的。

许多天以来，矿上的人都在传说蔡建壮要结婚的消息，大家为这个消息奔走相告。去看热闹的人，其实就是为了去受感动。在这个世界上，能感动人的事情已经太少了，所以人们都想被感动。

蔡建壮结婚的地方，就在继文革开的晋北大酒店里。当婚礼主持人刚刚宣布婚礼开始的时候，蔡建壮就扑通一下给继文革跪下了。他抽泣起来。继文革也抽泣起来，抖抖颤颤，站不稳，她一边抽泣一边往起拽蔡建壮。她说："你起来你起来，你快起来呀，大喜的日子，你哭啥呢？"

蔡建壮不起来，仍旧跪着，低头啜泣……

来参加婚礼的人都感动得抽泣起来。人们一边流泪一边说："唉，蔡建壮能有今天，可真不容易啊，真难为了继文革啦。"

傍晚时分，远处的山坡上，一群山羊正急急忙忙地往山下去，羊群一边急匆匆下山一边朝着山下的小羊咩咩地叫。山下的小羊等在溪水边，仰起头朝着下山的羊群也咩咩地叫。山谷里到处都回荡着老羊和小羊相互呼应的叫声。当小羊找到自己的母亲时，就跑到母羊肚子下，用头一下一下撞母羊的奶子。撞出奶水的时候，小羊就猛然跪下，含住奶头儿。

继文革给蔡建壮娶过媳妇，心里高兴，就溜溜达达地溜达到蔡和生老婆的坟上去了。她站在坟前，对着坟头高兴地说："大姐啊，我来告诉你一个特大喜讯，咱们的建壮今天娶媳妇啦，娶了一个漂亮媳妇。那媳妇走起路来就像踩在水上，飘呀飘呀，飘得可真叫好看呢。这下啊，我总算是把建壮这个任务给完成了。下一个任务就是建国了，只要我不死，我就一定能把建国的任务完成好，你就尽管放心吧。"

蔡和生老婆说："文革呀，我相信你，一定能完成好下一个任务，一定能完成好建国的任务，因为你是一个高尚的人。"

继文革看了一眼西边的天空，大吃一惊，她还从来没有看见过矿山的天空会是那么壮丽。绵延起伏的山梁上，布满了红色晚霞，弥漫在天上的红色晚霞就像熊熊燃烧的火。

第四章
称其为人

王美英的男人在井下出事故了,已经送进了医院。报信人还没说完话呢,王美英就疯了一样往医院跑。她跑进医院大门,慌慌张张,东瞅西瞅,大声嚷道:"我男人呢……我男人呢……我男人在哪儿呢?"

有人把王美英领进急诊室。她看见床上躺着一个人,就呼天抢地地喊:"你们咋不抢救他,你们咋不抢救他!"

男人静静地躺在诊断床上,医护人员已经撤离了抢救现场。

男人穿着那种蓝色劳动布工作服,但蓝色早就不蓝了,是煤黑破烂的衣裳,整个一根黑棍。男人闭着眼闭着嘴,黑乎乎的脑袋就像一块煤。他身上的这里那里,有一片一片黏糊糊的血迹。男人在井下干活时,被断裂的运煤皮带打在了头上、胸上、胳膊上和手上,右手打掉了三个指头,胳膊上打下去好多肉,头和脸打得血糊拉茬的,就像一颗摔烂的黑皮西瓜。王美英已经认不出丈夫了……她声嘶力竭地哭喊道:"天哪……天哪……我的天哪……"她偏着脸哭,哭得披头散发,一把一把地抹泪,整个脸上全是乱七八糟的泪痕。她哭吼得胃痉挛了,不住地打嗝儿。有人扶着她,怕她摔倒。那一刻,她甚至侥幸地想,也许那个被皮带打成了不成人样的人可能不是她的丈夫。

那一年，她三十六岁，丈夫也三十六岁……

王美英结婚那年二十三岁，是个农村姑娘，有人给她介绍了一个对象，是晋北矿的下井工人王进喜。王美英母亲对王美英说："唉，要不是农村这么苦，妈说啥也不让你嫁给下井工人啊，下井工人危险呢。"

王美英羞羞答答地说："人都有个命呢，认命吧。"

农村人没啥身份，王美英也没提啥条件，就答应嫁给王进喜了。农村姑娘认为城市比农村好，都想嫁到城市里去，去过过城市人的日子。王美英也是那么想的。

王进喜住着一间旧房，那间旧房可真叫旧，是日本鬼子在1940年掠夺大同煤炭时碹的石头窑，人们管那种房叫劳工房。新中国成立后，劳工房归煤矿所有，就变成了公家房。矿上把劳工房作为福利房分派给煤矿工人，就是煤矿上的那些长期工，临时工和农民轮换工还享受不到这种福利待遇呢。说起来呢，矿上的人若是能分到一间公家房，即便是一间劳工房，不光高兴，还会觉得很光荣。煤矿上的下井工人大多数是从农村招来的农民轮换工。他们和煤矿签了三五年或者是更长一点时间的劳动合同，合同满了，能续签的再续签，不能续签的就走了。煤矿不负责农民轮换工的住房问题，他们只能在山坡上给自己盖房子，挖掉山坡上的浮土，挖出一层一层片石，然后用片石盖房子，人们就管那种房子叫石头房，也叫自建房。比较起来呢，王进喜住的公家房，还比那些自建房的身份高一些。石头窑经年累月，墙皮已经斑斑驳驳地脱落了，露出黑乎乎的石头。原来的石头不是黑的，年数多了，风把煤面子刮上去，那些石头就黑了。有些脱落的墙皮，仍然被麦秸子拽着，就像骨断筋连的小黑手，顽强地抓着石墙不肯松开。那样的房子，就像是患了牛皮癣的巨兽。站在山顶往下看，你会看到山坡上那些高高低低的破烂房子上苫着油毡、塑料布和石棉瓦什么的，就像一块一块种着不同庄稼的庄稼地。

王进喜住的房子，也就十多平米，一进门是地，地里边是一铺炕，炕上铺着一张井下用过的黑不溜秋的旧风袋。房子里住着王进喜和妹妹、弟弟、奶奶。王进喜父母早亡，他靠下井养活着一家人。王美英嫁过来时，妹妹十八岁，弟弟十二岁，奶奶七十多岁。

"劳工房"里很窄的地上墁着青砖，两个人相遇时有点错不开身子，墙角摆了两口大水缸，墙边摆了两个带底座的衣箱，衣箱是紫红色的，已经很陈旧了，像古董。王美英心想，这煤矿，说起来叫城市，可实际上呢，不是想象中的样子。她凭直觉感到，煤矿人挺苦，煤矿日子挺艰难。可是自己已经跟着王进喜来到了矿上，有什么不好的感觉，就不能说了。她想跟着王进喜一心一意地过日子，可能过着过着就过好了。不过，她自己也真的不知道那种想要过好的日子是什么日子。她装出若无其事的样子说："要说这房子小呢，还真是小了点，先凑合着住吧。"

"房子在人住，啥人住啥房子。"王美英用红头巾罩住头，把笤帚绑在一根长棍子上，开始扫仰层，扫墙壁。她一边扫一边冲着小叔子和小姑子嚷道："你们快出去，快到外面去，你看这呛的，你看这呛的。"

奶奶坐在外面的一块大石头上晒太阳，抿着瘪瘪的嘴，有时冲着太阳笑，有时冲着从门窗里滚出来的腾腾土雾笑。

王美英一边扫屋子，一边咳嗽。扫完了屋子，她跑到外面，大口大口喘气。"哎哟妈呀，呛死我了，呛死我了"她笑着说，笑得很活泼。

小叔子和小姑子看见王美英的脸就像唱戏的大花脸，就挤眉弄眼地笑。

王美英扯下头巾，哗哗一抖，抖掉尘土，擦擦汗湿的脸，冲着一家人笑，露出雪白的牙齿。

奶奶说："你休息休息，喝口水。"

王美英觉得嗓子痒痒，想喝口水。

屋子里的尘土就像炊烟一样，飘出门，飘出窗户，越飘越淡。

王美英端着搪瓷脸盆从水缸里舀出一盆水，撒一把洗衣粉，找了块抹布，擦洗炕上的旧风袋。风袋表面涂着黑色橡胶，明亮光滑，矿上的人都把井下通风用过的旧风袋裁剪出来，当油布铺在炕上。王美英跪在炕上，撅着屁股，从这儿挪到那儿，从那儿挪到这儿。擦一会儿，就在水盆里哗啦哗啦地投洗抹布，再擦一会儿，再在水盆里投洗抹布，盆里的水马上就黑了，是一盆稠糊糊的黑水。她擦洗完炕上的风袋，又开始擦洗门窗玻璃，又是一盆两盆三四盆黑水。煤矿上的黑，那是真黑，到处都是煤面子。小姑子和小叔子也跟着干活儿，有时帮着洗抹布，有时把脏水倒出去。

整整拾掇了两天，才把石头窑拾掇干净了。王美英冲着石头房子说："你们看这房子，收拾出来，干干净净的，不是挺好吗？"她很得意地点着头，两根垂肩小短辫一摆一摆的，就摆出了一个青年女子的朝气活泼来。她从市场上买回些红喜字，房顶上的四个墙角粘了四个小喜字，窗户上粘了两个大红喜字，门的玻璃上粘了一个大红喜字。这样一布置呢，原来那间死气沉沉的劳工房就显得红火热闹了，有了几分喜气、几分生机。

王进喜看着布置好的喜房，高兴地不住点头。奶奶就笑着逗他："进喜呀，你这不说话，就总是点头点头的，就像鸡子啄米呢，是不是高兴傻啦？"

王进喜咧着嘴笑，还是不停地点头，不说话。王进喜话少，平时就不大说话，高兴了，就笑一下，笑一下就等于是说话了。

弟弟说："我哥咧着嘴，笑得脸歪歪扭扭的，真难看。"

奶奶说："不许说你哥难看。"奶奶偷偷瞟了一眼王美英。奶奶说："美英啊，家也布置好了，就等着办喜事啦，你说咱们这喜事该咋办呀？"

王美英看着奶奶，很腼腆地笑了笑，说："奶奶说咋办就咋办吧。"

奶奶说："要我说呢，人一辈子就办一次喜事，那可得好好地办一下呢，那才不委屈人这一生呢。"奶奶停顿了一下，瞅了瞅王美英，看见王美英不好意思地笑着，又接着说："你看咱们家吧，就进喜一个人挣钱，家里条件不咋好，想给你好好办一下也好好办不了啊。"奶奶叹了口气。

王美英说："我知道奶奶心里不好受。俗话说，穿衣量家当，吃饭看粮仓。咱们不跟别人比，咱们一家子吃顿糕，就行了。"

奶奶撩开衣角，抠抠扯扯地扯开衣角，拿出一枚金戒指。奶奶说："这是我当年出嫁时的陪嫁品，已经藏了好几十年了，就给了美英吧。原打算是给孙女做陪嫁的，孙女的事情呢，到时候再说吧。"

王进喜吃惊地说："奶奶你可真行啊，这么多年了，我咋一点也不知道您还藏着金货呢？"

奶奶笑着说："我这一辈子啊，也就有这么一点值钱货啊。"

王美英的婚事办得很简单，一家人吃了一顿糕，就把喜事办了。办喜事那天，拌了点凉菜，炒了几个热菜，给这个邻居送碗油炸糕送碗凉菜，给那个邻居送碗油炸糕送碗凉菜，一家人吃了顿油炸糕,就算结婚了。

邻居们都说,啧啧啧,这么省钱就娶了新媳妇,咱们家啥时候也能娶来这么省钱的新媳妇呢?

新婚之夜是要闹洞房的,闹完了洞房,等新郎新娘睡下以后,人们还要扒在门窗外面听房。王进喜结婚的那天晚上,来了几个工友,闹洞房,喝酒。煤矿工人平常就喜欢喝酒,喝起酒来不要命,他们怎么喝酒?他们用碗喝,吵吵嚷嚷地喝,一喝一碗,一喝一碗。他们管那样的喝法叫"枪崩酒",意思是喝完那碗酒,就该上路了。他们就是那么豪爽地对待人生、对待生活的。他们说,来来来,喝酒喝酒,咱们下井工人不好娶媳妇,娶个媳妇太不容易了,来来来,啥话也别说了,啥话都在酒里呢,喝喝喝……几个工友借着王进喜娶媳妇的机会,痛痛快快地喝了一顿"枪崩酒",高高兴兴、歪歪斜斜地走了,就算是闹洞房了。

邻居赵五僵硬着舌头说:"嗨嗨,你们别走啊……别走啊……听房……听房……还没听房呢。"

其他工友说,你他妈的真是喝醉了,他们一大家子睡在一个屋子里,睡在一铺炕上,你他妈的能听着个啥,你能听着个啥?

新婚之夜,新郎新娘和老的少的,睡在一铺炕上,你说多别扭,多碍事。

王美英真是觉得有点别扭,有点心慌。她睡不着,想翻身,总想翻身,可不敢翻身,害怕奶奶笑话她。可是,男人不是就在身边吗?跟男人搂抱在一起是啥感觉?她不能不想。她多希望和男人搂搂抱抱呀,可她敢吗?她不敢。

当地人管新婚之夜叫入洞房,很多地方也都这么叫。明明是住在平常住的房子里,可偏偏在新婚之夜,那房子就叫洞房了,就叫入洞房了,那是什么意思?后半夜的时候,王进喜攥住了王美英的手，王美英使劲握了握王进喜的手。

王进喜说："美英。"

王进喜的声音很低，担心王美英没听见，把头向王美英那面探了探。他闻到一股特殊好闻的气味，有头发味、香皂味，还有微微发热的女人气息。他把嘴努过去，在脖子上亲了一口，感觉到了脖子颤抖，说："你哭了？"

"我没哭。"

王进喜说："咱们住的是把边房，从明天开始，我就盖房子，在房子旁边再套一间房子，到时候就能住开了。"

王美英笑笑说："还真得再盖一间房子了，要不然，咱俩啥时候才能过夫妻生活呢？"

王进喜看不见王美英笑，但他感觉到王美英笑了。

第二天，王进喜就挥动起洋镐，开始刨山皮，起石头。结婚有三天假日，他足足地干了三天。以后，每天下班回来，或者是公休日，王进喜就挥动洋镐，挥动铁锹，砍山采石。王进喜不让王美英干那种活儿。王美英就等王进喜下井以后，也挥起洋镐，刨山采石，用铁锹把土铲到一边，用撬棍一层一层把片石撬起来，堆在房子旁边。小叔子和小姑子下学回来，也跟着起片石，一家人团结一心，干得热火朝天，那是他们最劳累也是最有信心的日子。煤矿人住的房子，都是这样盖起来的。

邻居家的男人叫赵五，也是下井工人。赵五看见王美英一家男女老少齐上阵的场面就有点感动，跑过来帮忙，休息的时候也像给自家盖房一样，吃过早饭就站在墙边一层一层地垒片石。垒得次数多了，赵五老婆就有点吃醋了，在背地里黑着脸骂赵五："你咋呀，你是不是看上王美英啦，是不是想占人家点儿便宜？"赵五说："你说啥呢？你不看那一家老老少少的，每天都在那儿忙活那间房子嘛。我这身大力大的,睡一觉,就啥事儿也没有了,不掉皮不掉肉的,能帮帮他们就帮帮他们,这有啥不好呢?"赵五老婆不依不饶地说:"嚄,你倒是思想挺好的啊?咱们家的活儿,我都舍不得让你干,可你却要帮小媳妇盖房子,我看你就是有想法了,她比我年轻比我漂亮是吧?"赵五说:"你小声点,让人家听见了,你说这闹成啥事儿了?她够可怜了。水灵灵的一个小媳妇,结了婚都不能跟男人一起睡觉,你说她不可怜吗?"赵五老婆说:"你看你,说着说着就露馅儿了吧。你不就是想着小媳妇那点事儿吗?你可怜她,我走,我给你把房子腾出来,让你去可怜她去。"赵五生气地说:"你真是无理取闹,瞎说八道,你们女人,都不讲理。"赵五老婆挨了骂,心里就更不平衡了,本来准备好了酒肉,一生气就不往上端了。赵五说:"哎,我好像看见你炖肉了,咋不往上端啊?"赵五老婆说:"你心疼,让她给你炖肉吃,别找我。"赵五觉得女人都那样,跟家里的男人不讲理,怕男人到外面去拈花惹草,她想说啥就让她说,反正自己心里有主意,该帮忙的时候照样去帮忙。

赵五给王美英家垒墙,就像给自家垒墙,碰到休息日,赵五就正儿八经地要垒一天。赵五在那里垒墙,王美英在旁边帮忙,还真像是两口子在给自家盖房呢。赵五不多说话,默默地站在架子上垒墙,王美英站在下面往上递片石,配合得很默契。有时候,王美英给架子上的男人递一杯水,或者递一块毛巾,男人就俯视着女人笑一下,那情景很温暖。赵五老婆有时也笑模笑样地蹭过来,给架子上的男人递上一杯水,或者是递上毛巾去,男人就心里暗笑,想:王美英刚给过我毛巾,你就也递来毛巾了,你要的那点小心眼儿,以为我不知道呢。你怕我们说悄悄话,想过来偷听。赵五心里这么想,可嘴上没这么说。赵五觉得挺得意的,这样干活也值了，自家的女人能那么抢着对自己好。

王美英看见赵五站在架子上垒墙，一个壮壮实实的男人在为她创造幸福生活，心里十分感动。她没话找话地说："哎，赵大哥，你给我说说，你们是咋把地下的煤挖上来的？听说井下又黑又危险，你们在下面干活儿苦不苦，害怕不害怕？"这些话，她平时就想问问自家的男人，可总是话到嘴边，又咽了回去。她在自己的男人身上，根本不敢碰触这样的问题。

赵五说："没事儿，活着干，死了算。"赵五的这种人生哲学，是煤矿工人共同的人生观。煤矿工人回到家里，从来不跟自己的女人说危险，夫妻之间常常故意回避这个问题。直到有一天，发生了那样的问题，他们也只能去默默地承受。因为他们一直扛着那样的问题，已经生活了很久很久了。

夏天燥热的气息弥漫在山峦沟谷里，有时轻风吹来，吹得人浑身轻松。晋北矿的山，不长草不长树，光秃秃的。人们都说，这样的山看上去穷，但山下藏着煤，这山就不穷了。

夏天快要过去了，秋天就要来了。秋天容易下连阴雨。下连阴雨的日子，就不是盖房的好日子。王进喜有点着急，想赶在下连阴雨之前把房子盖起来。有时候，他会垒墙垒到半夜，墙上挑着灯，他和妻子，常常挑灯夜战。灯光周围飞舞着蚊蝇。那些蚊蝇，有时就像风一样刮来刮去。可那些蚊蝇丝毫不能遮挡灯光，那一束灯光，照耀着矿山里黑暗的夜空。

垒起的三堵墙已经和旧房一般高了，已经垒出了房子的轮廓，这就要盖顶了。盖了顶，房子就算建成了。盖顶不是一家人能干的活儿了，需要请人来帮忙。煤矿人请人盖房不花钱，大家都是高高兴兴地来帮忙。人们看见谁家的房子快要盖起来了，见了面就高兴地说："嘿，你家的房子压顶的时候可得提前通知我啊。"

当地人管房子盖顶叫压顶。房子压顶的时候,那才叫红火呢,一块儿上班的工友和附近相好的男人都要来帮忙,周围的女人也来帮忙。女人给做饭做菜,炸油糕,一边做活儿一边嘻嘻哈哈地说笑,那样的场面可真是热闹。

压顶的时候,有人会高声地喊:"放炮,快放炮。"顷刻间,鞭炮就噼噼啪啪地响起来了,大麻炮就咚一声咚一声地在地上在天上炸开了,炸得青烟团团,纸屑飞舞。大家就像都有了喜事,为哪一家盖起了房子而高兴得了不得。王进喜的房子就是那样盖起来的。

王美英说:"让奶奶他们住新房吧。"

王美英和丈夫还住在原来的石窑里。

头一天晚上,王美英居然高兴地喊出来。

王进喜搂住王美英说:"你嫌我穷不?"

王美英说:"我要是嫌你穷,我就不嫁给你了。人都是从穷日子里扑腾出来的。等咱们把弟弟妹妹都拉扯大了,能挣钱了,穷日子也就扑腾到头儿了,也就开始过好日子了,你说不是吗?"

王进喜说:"你真好。"叭的一声,亲了一口。王进喜的话总是那么少,高兴的时候抱抱王美英。

王美英往紧贴丈夫的身子,说:"这一年多,真是亏了你了,你说亏了你多少?我得让你补回来。"

丈夫说:"好,咱们补回来……"

说起来呢,煤矿人是城市人,可煤矿人的日子并不像城市人的日子过得那么轻松。有时候,好好的一个人下井去了,就再也回不来了,这真让煤矿女人感到揪心害怕。煤矿女人心疼男人,不让男人干家务活。

人们住在山坡上，送煤车上不了山，只能把煤卸在山脚下，人们就一担一担往山上担。有一年冬天，下了雪，王美英从山下担着一担煤往山上走，山坡小路光滑难走，不小心滑倒了，两只挑土篮子就像皮球一样往山下滚。散乱在雪地上的煤块儿就像大地上一只一只的黑眼睛。她看着那些散乱的煤块儿，哭了。哭够了，咬咬牙，站起来，看看自己坐在地上的雪窝子，再去捡篮子，捡起雪地上那些散乱的煤块儿。

煤矿人吃水也不方便，自来水管在山下，下井的男人们上井以后，担着水桶到处找水。半夜三更的山坡上，到处都有水桶的叮当声。说起来，有人可能不相信，有的人家，在大年三十夜里，连一锅煮饺子的水都没有。很多时候，有的男人在山下的水管边排队等水，等了一黑夜，没等到水。女人来替换男人了，女人说，你去上班吧，我来接着等。煤矿上的男人和女人，就是那样生活的。他们不向艰难屈服，有着人类中最坚强的意志。煤矿人吃的水，是通过地下管道，从遥远的地方加压送来的，定时送水。到了送水的时候，大人孩子都到水管边去排队等水。王美英也去等水，起初担不动一担水，就少担点，可少担了又觉得很吃亏，好不容易排队排上一回。担水上山不是件容易的事情，男人尚且累得呼哧呼哧喘气，何况是一个女人？日子久了，王美英也锻炼得像男人一样肩膀有劲了，担一担水，摇摇晃晃地就担到山上去了。

到了夏天，煤矿人最盼望的事情就是下雨。赵五曾对王美英戏谑地说："妹子啊，我要是一看见老天爷要下雨了，就比看见我爹还亲呢。"有一次，赵五就像一个小孩子大声地喊叫起来："下雨啦……下雨啦……下雨啦……"他一边兴奋地喊，一边拿着笤帚爬到房上，急急忙忙地扫房顶。扫完了自家的房顶，又扫王美英家的房顶。

他们把水盆水桶什么的放在房檐下接雨水。矿上的人家都忙着接雨水。从房顶上流下的第一遍水里有煤面子，是黑水。黑水也舍不得倒，倒进水缸里，沉淀以后，洗菜洗衣裳。渐渐的，从房上流下来的雨水会越来越清，这样的雨水倒进水缸里，留着人吃，吃起来有点苦涩。煤矿人家里，别的不多，要说水缸的话，家家户户都有三四口大水缸。

王美英对小姑子和小叔子就像母亲对待孩子。每天晚上，等小叔子和小姑子睡下以后，她都要检查检查两个孩子的衣裳是不是脏了，是不是破了，脏了就洗，破了就缝。小姑子毕竟是女孩子，心细，有时候半夜醒来，看见嫂子还坐在炕沿上缝衣裳，就心疼地说："嫂子，你累了一天了，这么晚了，快去睡觉吧。"嫂子就笑笑说："不累，我不累，再说了，你哥还没回来，我就是躺下也睡不着。"自从王美英嫁过来以后，小叔子和小姑子穿戴也整齐了，也能吃上正顿饭了，奶奶也稀的稠的有人给调剂了，一家人过起了踏实快乐的日子。

日子呢，是过起来慢，回忆起来快。不知不觉的，小姑子就到了出嫁的时候了。小姑子出嫁时，流着眼泪对嫂子说："嫂子，你来了以后，照顾得我们太好了，我太感谢你了！"嫂子也落泪了，说："今天是你大喜的日子，你应该高兴呀，你咋哭开了？"

小姑子说："嫂子，我这就是高兴呢。"

小叔子当工人了，可她还把小叔子当孩子，做点好吃的，拿碗扣在锅台上。有时候，王美英的孩子想偷吃，探出小手，可小手还没挨着碗边呢，就被王美英啪地打了一下，孩子就吓哭了。王美英对孩子说："你叔叔下井辛苦呢，你得懂得心疼你叔叔不是吗？"王美英是个细心的女人，早早地就开始给小叔子准备婚事了。碰到好棉花就买一点，碰到好被面和好褥面就买回家里，抽空就缝褥子，缝被子，缝了四条褥子、四床被子。那个年代，结婚时兴四铺四盖，有了四铺四盖，就能给小叔子娶媳妇了。

晋北的冬天，来得早，去得迟，好像一冷就是半年。每到冬天，地上会冻出一寸宽的裂缝，光秃秃的群山就像被寒风剃了头，冻得缩头缩脑的。穿山风回荡在山谷里，呜呜叫，跟狼号似的。人们住的石头房不扛冻，墙里面不糊泥不填土，都是干打垒，寒风一吹，跟空墙差不多。有道是针尖大的窟窿能透过斗大的风。这话可真是一点不假。家里虽然点着火炉子，但也只是炉子周围热，四周的墙壁摸上去冰凉，冒着寒气。火炉子若是灭了，家里很快就变成了冷库。每天晚上睡觉前，王美英都要给奶奶和小叔子屋里的铁炉子加一回煤。她不放心他们加煤，害怕加不好，会堵住炉子的嗓子。她很细心地加完煤，再到院子里把窗户上的窗帘哗啦哗啦地放下来。窗帘怎么会哗啦哗啦地响？窗帘是用牛皮纸做的，放下来和卷起来的时候，都会发出哗啦哗啦的响声。牛皮纸做窗帘最好，又省钱又挡风。放下这边的窗帘，再放下她们那边的窗帘，就这么一会儿工夫，就冻得直打寒战。

王美英有时候会背着一个帆布挎兜，到矸石山上去捡煤块儿。矸石山是什么山？井下开掘大巷时，把开掘的石头装进黑牛车里，然后再用绞车拉到井上。人们用肩膀扛住黑牛车，哼哧哼哧地把黑牛车推到山顶上，然后再侧翻黑牛车，把黑牛车里的石头哗啦哗啦地倒到山坡上。运输黑牛车的铁道不断地往前延伸，山上就倒满了矸石，那种矸石堆起的山，就叫矸石山。矸石里有煤，女人和孩子，还有上了岁数的老汉，就到矸石山上去捡煤。外边的人可能会很奇怪，怎么煤矿人还缺煤呢？外边的人到了天寒地冻的时候，往往会羡慕煤矿人，他们会想，煤矿人多好啊，他们可以在天寒地冻里使劲儿烧煤，烧得家里热乎乎的。其实呢，煤矿人烧煤也不富裕,矿上有很多煤贩子,他们欺行霸市,勾结煤场,把生活煤都用大卡车拉到外面赚钱去了。轮到煤矿人烧煤的时候,煤场里就真缺煤了。挖煤人居然缺煤烧,这是外面的人根本想象不到的事情。

王美英不眼红那些煤贩子,也不向困难低头。她觉得人是不能贪图不义之财的,得老老实实地做人。老老实实做人,才叫个人。她背着一个白帆布大兜子,白帆布已经被煤染黑了,看上去乌黑肮脏。她背着那个脏兜子,从家里出来,走下山,越过山沟,再爬到矸石山上,在矸石山上走来走去,寻找煤块儿。她和那些捡煤的大人孩子们说说笑笑,倒也不很寂寞。运气好了,两三个小时就能捡一兜子煤,有三十多斤。她把那一兜子煤挎在肩膀上,往回走的时候,要小心翼翼地走下矸石山,然后再气喘吁吁地往自家住着的山坡上爬。她偏着头,挎包带挎在哪侧肩膀上,头就往哪侧偏。王进喜有时候会很担忧地说:"你以后别去矸石山上捡煤了,又累又脏还不说,走在那些楞楞瓣瓣的石头上,要不就崴了脚,要不就摔倒了,闹不好再骨碌到山下去,你说那多危险啊。过去有好多人都摔得头破血流的。你就别去矸石山上捡煤了,咱们再穷,也不差那点买煤钱。"

王美英说:"你放心吧,我能捡多少就捡多少。我又不着急,自己走得慢点,注意点,出不了事的。"

能住上楼房,是煤矿人最大的心愿。矿上断断续续地盖了几座楼,优先分派给科级干部和双职工家庭,然后是按工龄分派住房。王进喜十八岁就当了下井工人,三十多岁时,也有十多年工龄了,而且井下工人在分房时要比井上工人多增加五年工龄。那一年,王进喜也分到了一套三十八平米的新楼房。这可真把一家人乐坏了。怎么能不乐呢？住进楼房里，冬天到厕所就不冻屁股了，也不用从山下往山上挑水了，不用劈柴打炭了，生活上的多少困难，一下子就都给解决了。当然更让王美英高兴的是，自从一家人从破石头房子里搬到楼房以后没多久，有人就开始给小叔子介绍对象了。煤矿上的女孩子，好像结了婚能住上楼房就行。矿区的山山岭岭上都是石头房，只有山坳里相对平坦的地面上才盖点楼房。那些楼房根本不讲究采光，一座紧挨一座，人们管那种楼房叫"亲嘴儿楼"。就是那样的楼房，在煤矿人眼里，也比山坡上的石头房要好得多，比也不能比。王美英对小叔子的对象说："你放心，你们结婚住那间大房子，我们住那间小房子，将来有了机会，我们再搬出去，全套楼房都给你们。"姑娘高兴地说："嫂子你真好，要是结婚的东西都准备齐全了，我们就结婚呀。"王美英说："东西不愁东西不愁，嫂子早就把结婚的东西给准备齐全了。"在那个年月里，结婚简单，有间房子，有四铺四盖，再雇来木匠做个大立柜，做两个带底座的衣箱，就能结婚了。

结了婚就能住上楼房了，那个姑娘能不赶快结婚吗？小叔子结婚时，就把媳妇娶回了这套楼房里。她和丈夫、两个孩子挤在一间小房子里，把大房给小叔子做了新房。新房里做了新家具，她和丈夫和孩子住的小房里，什么家具也没有，是一间空房。

有一天，王进喜愁眉苦脸地回到家里，一直不说话。王美英沉不住气了，问丈夫："怎么了，怎么脸阴得就像下雨天？"

王进喜说："赵五……赵五出工伤了。"

"啊！你说啥？赵五出啥工伤啦，厉害不厉害？"王美英瞪大眼，显得惊慌失措。

"赵五让片帮煤砸着腰了。"王进喜很悲伤，头也不抬。

王美英浑身哆嗦了一下，脑子好像要炸开了，着急地说："我到医院去看看赵五去，我去看看赵五去。"

王进喜说："他现在住在抢救室里，你去了也不让你进去。等过些日子，等抢救过来……他要是运气好的话，要是能抢救过来的话，你大概还能见着他。"

王美英想起赵五帮她家盖房，下雨前给她扫房顶接雨水的情景，就好像是昨天的事情。一个活蹦乱跳的人，突然就被抬进抢救室去了，死活还不知道，这多突然、多可怕。她的眼泪不由得就流出来了。她心里充满了恐惧，自己的丈夫将来会怎么样呢？她想多知道一点赵五的事情，但她没敢再问。他们没再谈起赵五，不敢碰那样的话题。煤矿人心里都清楚，谁都保不住哪一天会在井下出事故。所以在别人出了事故的时候，他们控制不住内心的惊恐、痛苦，提一下，问一下，好像要释放一点内心的压力，然后就不再多说那件事情了。他们不敢过多地接触那种事情，会故意回避那种事情。他们的心理压力真是太大了。

王美英别过脸，假装扫地，不敢让丈夫看见自己泪如雨下。这样的伤痛，在别的行业里或者是别的人群里，是不会出现的。在别的地方，人们一旦听到熟人发生了意外伤亡，会感到吃惊，会追问种种情况，但不会联想到自己。在煤矿就不同了。人们一旦听说谁出了伤亡事故，只是知会一下，就不再细问了，因为他们马上会感到，别人的伤亡离着自己那么近，好像那种危险马上就会降临到自己头上了。

后来，王美英去医院看望过赵五，还在赵五面前流下了眼泪。本来她一再告诫自己，见了赵五，一定要控制住，一定不能哭泣落泪。可事实上是，当她第一眼看见赵五躺在病床上的时候，第一反应就是流泪，而且是泪流不止。

赵五被片帮煤砸伤了腰椎，是中枢性截瘫，从今往后，再也站不起来了。

王美英从医院出来，不知不觉地就走到山坡上去了。当她走到那座石头窑时，突然感到奇怪起来，怎么自己不知不觉地就来到了这里？她就是在这里结婚的，在这石头窑里住过，还在那间石头窑里养了两个孩子。她最好的青春，就是在石头窑里度过的。石头窑里已经住上了别的人家。她远远地看着，突然感到，那间墙皮斑驳的石头窑，原来是那么亲切。她走进赵五家里，赵五老婆一看见王美英，就呜呜地哭开了。他们在一起住了那么多年，不管是穷日子还是富日子，但总归是平平安安地过日子。可是现在，赵五突然瘫痪了，过去那种平安快乐的日子，再也回不来了。两个女人彼此相对，就那么心照不宣地哭一会儿，说一会儿。

王美英说："你别哭了，不管好赖的，赵五哥不是还活着吗？活着，不就是挺好的事情吗？"

赵五老婆说："怪我，都怪我，我那天晚上要是机敏一点，不让他下井去就好了，他也就出不了事故了。"

王美英说："这话咋说？你说说。"

赵五老婆说："那天晚上可真是奇怪呢。那天晚上，赵五去上夜班，刚要走出小院，就听见背后哗啦啦地响了一声。他回过头看了看，发现院子里的炭堆倒了。他就返回来，把倒塌的炭垒了起来。可他刚走到小院门口时，炭堆又哗啦一声倒了。他就又走回来垒炭。我听到了院子里的动静，就走出来问赵五，赵五说，你看这奇怪不奇怪，好好的炭堆，这都多长时间了，啥事儿没有，可今天晚上咋就我一出门它就倒，这也真是奇怪了。你说我当时咋就那么傻呢？咋就想不到是要出事儿了呢？我本来应该留住我男人，可我却糊里糊涂地对我男人说，你快走吧，炭堆倒了就倒了,不行的话,我待会儿再把它垒起来,再耽误时间,你就迟到了,迟到了,不是要挨批评,要扣奖金吗?"赵五老婆抬起巴掌抹了一把脸上的泪水说:"你说我多傻呀,是我硬把男人给撵跑了,结果却差点要了他的命。"赵五老婆自我安慰地说:"瘫就瘫了,瘫了我伺候他,没死比啥都强啊。可惜就可惜那天晚上,那天晚上可能是真有神灵来提醒赵五了,不让他去下井了,可我咋就解不开那个道理呢?我呀,我真是后悔死了。你知道,赵五可是个好人呀,那天晚上肯定是有神灵在暗中保护着他呢,要不的话,听井下工人说,有小平车那么大一块煤,一下子就砸在了他的腰上,那么大的一块煤,还不得把人砸成一摊了?可赵五还活着,活着就好,活着比啥都好啊。"女人抹了一把脸上的泪,那意思好像是说,不哭了,要坚强起来。

王美英听赵五老婆讲述那天晚上的事情,觉得身上冷飕飕地起满了鸡皮疙瘩。她想,也许这世界上真会有神灵在暗中关注着人们的一举一动,真会有神灵在保佑着好人,惩罚着坏人。她在心里说,你们保护保护我男人吧,他要是有什么危险就提醒我一下,也给我提前闹出点动静来。

事实上,什么动静也没给王美英闹出来,王美英的丈夫就去世了。王进喜是憋死的。当然不是突然憋死的,是经过几年的硅肺病的折磨,突然有一天,一口气没拔上来,就憋死了。硅肺病是煤矿工人的职业病,得这种病的人很多。矿工在井下吸进了大量的炮烟和煤尘,要得硅肺病真是太容易了。好像是,不想得都不行。硅肺病就是肺泡被煤面子堵死了,肺泡失去了呼吸功能,严重的,整个肺就相当于一块晒干的牛粪片子装在胸腔里。那肺,变成了死肺。得了那种病,生不如死,每天都憋得人想自杀。硅肺病人的习惯动作，是像天鹅一样伸长脖子拔气，发出咝咝的声音，日久天长的拔气，会改变胸廓形状，医生管那种胸叫桶状胸，管那种声音叫鸡鸣音。人们都说，当个煤矿工人真是苦死了，你说他在井下没砸死吧，可他又得了硅肺病，到最后又憋死了，真是太可怜了。井下的煤尘像什么？像面粉。那样的面粉可能比面粉还要细，弥漫着，在空气里飘飘荡荡，用矿灯一晃，可以看见粉尘闪闪烁烁，上下翻飞。井下工人呼吸的空气就是那样的空气，没有人能够躲过那种侵害。王进喜不知不觉地就得了硅肺病，黑夜睡觉的时候是坐着睡，真是生不如死。可王美英不那样认为，她认为，只要丈夫活着，就是全家人的幸福。但疾病不由人，王进喜的硅肺病越来越严重，突然合并肺感染，造成肺源性心衰，没抢救过来，死了。

王进喜的奶奶，已经八十多岁了，怎么能接受自己孙子的突然离去？奶奶看着孙子的尸体，哭得死去活来。老人披散开一头白发，低下去，扬起来，低下去扬起来，就那么大声哭号。奶奶嘴里已经没有多少牙齿了，张开的嘴就像一个黑洞，一声一声撕心裂肺的哭声音从那个洞子里发射出来。那简直不是声音，不知道是一种什么东西，从胸腔深处，顺着一个洞口发射出来。

"老天爷呀……狠心的老天爷呀……你咋不让我死，你咋让我孙子死啊……他死了……这一家人可咋办呀……"奶奶哭歪了身子，一会儿歪向这边，一会儿歪向那边。"老天爷啊，你杀人哪……"

王美英看奶奶哭成那种样子，反倒唤起了内心深处从来没有过的一种坚强。她想：自己不能随着奶奶一起哭，应该坚强起来，要好好劝奶奶，不能让奶奶哭死。

小叔子总是用那种眼神看嫂子，充满了同情和询问，不知道嫂子什么时候才能从灾难中挣脱出来。嫂子能看懂小叔子的眼神，有时候眼神碰眼神了，嫂子就赶紧找点活儿干，比如扫扫地，擦擦什么地方，那是很尴尬的一种情况。他们仍旧在一个家里过日子，嫂子从来都不提起死去的丈夫，说明她在心里是非常在意这一点的。这一点，是一个疼痛的洞，一旦揭开，就会看到无底的疼痛，所以嫂子从不提起死去的丈夫。嫂子经常问奶奶："奶奶，您想吃点啥，我给您做？"奶奶说："你就别为我费心了，我这老不死的，真是给你添累赘啦。"王美英苦笑着说："奶奶您瞎说啥呢，我们巴不得盼着您再多活一辈子呢。您活着，我们就觉得这是个家，这有老有小的，真是一个家呢。"王美英经常在家里给奶奶洗澡，把烧开的水倒进大塑料盆里，用手搅一搅，试试水温，扶着奶奶坐进去，给奶奶洗澡。奶奶岁数大了，已经快奔九十岁的人了，不能到澡堂去洗澡了。煤矿这山上山下的，真是太不方便了。奶奶总是叨叨咕咕地说："唉，老天爷呀，你不睁眼呀，你咋不让我死，你咋让我孙子死啊？你咋让我这么好的孙媳妇，早早就守寡了呢？"

还是那样的傍晚，王美英常常站在楼下的大门口，向井口方向瞭望。她已经做好了饭菜，温好了酒，等待着小叔子下井归来。过去,她是这样等丈夫的，现在，又开始这样等小叔子了。那天傍晚，她做好了饭菜，像往日一样，把饭菜热在笼屉里，把倒满了白酒的白瓷小酒壶烫在一个盛着白开水的大搪瓷缸子里。煤矿的女人，都是这样等丈夫的。井下潮湿寒凉，上井以后，男人们都要喝一壶热酒，驱驱井下的寒气。女人把一切都准备好了，丈夫一回来，马上就能喝上热酒，吃上饭菜，感受着家庭的快乐。

傍晚的夕阳散发出红色光芒，洒满山峦，渐渐来临的夜晚，正在张开巨大的胸怀，要把整个矿山静悄悄地拥抱在怀里。等待丈夫归来的时候，是煤矿女人最揪心的时候。只要丈夫稍微回来得晚一点，她们就会心神不宁，恐惧不安。那是一个夏日的傍晚，天不会很快黑下来。运煤的火车奔驰在山脚下的铁道上，轰隆轰隆地把煤炭运往山外。王美英太熟悉这样的情景了，每一次，都那么准时，只要看见火车跑远了，看不见了，也就能看见丈夫远远地朝她走过来了。那时候，她总要长出一口气："哦，亲爱的，你总算回来了，总算又活着回来了。"好像丈夫出去打仗了，后来平平安安地回来了，身上连一点伤都没有，那是多么令人欣喜的事情。小叔子迎面看见嫂子了，显出了很为难的样子。嫂子的心怦怦跳起来，心想，小叔子怎么满脸愁容，莫非在井下发生了什么事情？嫂子着急地说："你咋啦,咋这么不高兴？"小叔子说："我们采煤队要调到一个新矿去，要去开新矿了，我心里很难受。"

嫂子说："别难受，人挪活，树挪死，人只要有口气喘着，就不能说泄气话。"

小叔子的媳妇好像是要哭的样子，动情地说："嫂子，这些年，你对我们太好了，怕我们冷怕我们热，总是把饭菜伺候到我们脸跟前。你不给我们拿筷子，我们都想不起是要吃饭了。我们真是舍不得离开嫂子呢。"弟媳妇说着说着，流泪了。

王美英说："你傻啊你，老婆汉子才舍不得离开呢，夫妻俩陪伴在一起，陪伴一辈子，陪伴几辈子都陪伴不够，陪着我算啥？"

弟媳妇点点头。

王美英拿出自己的积蓄，又和亲朋好友借了点钱，给小叔子在那个矿买了房子。有了房子，小叔子就能和媳妇长久地陪伴在一起了。

小叔子说："苦就苦了嫂子了。"

嫂子说："不苦，只要人活着，多苦都不算苦。苦过去就不苦了，就能过上好日子了。"

小叔子说："嫂子，我把奶奶带走吧，你还得忙活孩子们，你真是太忙了。"

嫂子说："不行不行，我伺候奶奶伺候惯了，知道她这习惯那习惯的，你媳妇一时半会儿还伺候不来她。"

小叔子说："伺候不来，让她慢慢学，学着学着就能伺候了。"

嫂子笑着说："你傻呀你，你让你媳妇腾出时间来，多伺候伺候你，不好吗？"

王进喜死于硅肺病，硅肺病是下井工人的职业病，属于工伤死亡，按照国家政策，发给王进喜老婆孩子的抚恤金就要比其他人的抚恤金多一点，但每人每月开105块的抚恤金能管什么用？日子不好过，过不了。街坊邻居见着王美英就说："你去找矿领导去，让他们给你找一份工作，挣一份工资，家里不就经济宽裕了吗？"你猜她说啥？她说不想给矿上添麻烦，矿上的青年人都找不上工作，自己咋好意思再去给矿领导添麻烦呢。她觉得自己还是做点小买卖吧，自食其力，谁也不靠，挺起脊梁过日子。她跟邻居借了200块钱，自己手里有点钱，跑起了小买卖。每天天不亮，她就去赶头班公共汽车，到市里的货栈去接点针头线脑、瓜子大豆，还有花生什么的。买卖蔬菜的人把蔬菜叶子撇下来扔在地上，她就把那些菜叶子揣进蛇皮袋子里，回家以后，赶紧把菜洗净切好，不让孩子知道她是在外面捡回菜来给他们吃，怕伤了孩子的自尊心。她把那些活儿做完以后，就拿个塑料袋子走到街上，把塑料袋子铺在地上，摆个小摊儿，等着有人来买她的东西。摆小摊儿挣钱不多，再辛苦也挣不够两个孩子的学费。

有时候，赵五摇着小车经过王美英摆在街边的小摊儿时，就停下来，看一会儿。赵五恨恨地说："你困难成这样，去找矿领导去，去找狗日的，去跟狗日的要困难补助。"

王美英很尴尬地说："矿上给发着抚恤金呢，还找啥呢？"

赵五说："那点抚恤金够啥用？养条狗都养不活。你看看那些矿领导，他们一顿饭就花好几千好几万，少吃半顿饭，就够你一家人一年的生活费了。"一边说话，一边用手拨拉拨拉轮椅旁边挂着的塑料袋子，袋子里是黄澄澄的尿液。赵五已经不知道自己的大小便了。他老婆从四十多岁就守活寡了，那样的日子，让一个女人多难受。

王美英看见赵五的时候，总要这么想：自己要是运气好的话，男人也别死，也带上这么个尿袋子，陪着自己，说说话，那该是多好的事情啊。王美英低着头，摆弄着地摊儿上的物件，把这个物件这么摆一下，再把那个物件那么摆一下，摆来摆去呢，还是那些物件。王美英摆弄着物件说："熬着吧，熬出苦日子，就有好日子过了。我跟他们去要钱，我跟他们去要钱我不就成了讨吃鬼了吗？我可不当讨吃鬼。"

"那你就得当饿死鬼吧。"赵五生气地说。

王美英说："我宁可饿死，也不当讨吃鬼。"她觉得人活着，不能贪图小利，不能给别人增加负担，人应该活得坚强，活得能挺起脊梁来才叫个人。

王美英看见赵五的时候，总回忆起过去的一些情景。想当年，她扎着两根小短辫，嫁到煤矿上来，对城市生活充满了憧憬，以为自己会过上比农村人更好的生活。可没想到若干年以后，突然有一天，自己变成寡妇了。现在想想，她当初想要的那种好生活究竟是一种什么生活呢？是不是就是衣来伸手饭来张口的那种享乐生活呢？她觉得那种坐享其成的人生真是没法儿想象。人生是什么？人生就是一个和命运抗争的过程，就是不屈服于艰难困苦。她在心里永远记着赵五对自己的好，常常想起赵五给她家盖房子的情景。可惜那么壮实的一个男人，站在架子上垒墙的动作有时是那么潇洒，以至于让她萌生爱意。就是那样的一个男人，突然就变成了一个站不起来的残废人。可这个残废人，还坚强地活着，这难道还不够吗？王美英对自己说，煤矿人，就得咬着牙过日子，就得有硬骨头。

王美英想，我谁也不靠，要靠我自己，度过自己艰难的日子。她突然有了一个挣钱的想法：卖凉粉。

凉粉是大同地区的著名小吃。夏季是凉粉最吃香的季节。凉粉这个东西挺有意思，说它是凉食吧，却要放很多辣椒末和辣椒油，看上去又是热乎乎的。吃凉粉好像主要是吃辣椒油和辣椒末的，所以辣椒油炸不好，凉粉就没吃头。辣椒油要炸成红彤彤的红油。辣椒油怎么炸？不好炸，炸过了火，辣椒煳了，发苦；炸不到火候呢，辣椒油又是干辣不香。炸辣椒油的火候最不好掌握。王美英的炸法是，炸辣椒油要分两次炸，第一次热油，量少，先把辣椒末用油泼一下，把辣椒末全部用油浸了，然后再二次热油，煮沸的油略微晾晾，再泼进辣椒末里，这一碗辣椒油就会像胭脂一样红彤彤地好看。凉粉是用山药粉做成的粉坨，一坨一坨泡在凉水桶里。吃的时候，一坨切一碗，浇上红彤彤的辣椒油，撒点香菜末，再撒一点炸过的辣椒末，那一碗凉粉就是红彤彤、白生生地好看。白生生的凉粉，红彤彤的辣椒油，还有绿绿的香菜末儿，你说好看不好看？有人说，不狠不吃粉。这话就是吃凉粉一定要多放辣椒，越吃越辣，越辣越吃，那才过瘾呢。凉粉，夏天卖得最火，马路边大街旁，摆个桌子就能卖，卖的和买的都方便。说起来也奇怪，你说到了夏天吧，天气炎热，吃辣椒又上火，一般是要躲避辣椒的，可要是看见白白的凉粉上浇了红彤彤的辣椒油呢，不但不觉得吃辣椒上火，反而会觉得泻火，觉得那一碗凉粉真是凉爽避暑，就真想在大热天儿里，呼噜进嘴里一碗凉粉。

王美英觉得卖凉粉挺好，本钱不大，也不需要房子，在街上摆一张桌子，生意就开张了。

王美英在大街边摆了张四方桌子，桌子旁边放了几个小板凳，就开始卖凉粉了。起初的时候呢，她害羞，不敢喊，就那么呆呆地坐在桌子边，好像是被人雇来照看桌子的。邻居就说，你看你这卖凉粉的，也不喊也不叫，谁知道，谁来买？你喊吧，喊一喊就有人知道了，就有人来买了。邻居可怜她，想吃不想吃也来买凉粉，她的凉粉摊子就算开起来了。到了炎热的夏季，阳光如剑，刺痛她，烤灼她，她顶着烈日，汗流浃背地守着凉粉摊子。到了冬天呢，寒冷包围着她，她觉得自己是坐在冰箱里，两只手好像冻成了红烧猪蹄子。冻得厉害了，她就站起来，不停地跺脚。冬天卖凉粉是淡季，大同人笑话人的时候常爱说这么一句话：你这人，真是吃凉粉不看天日呢。意思是说，吃凉粉的日子应该是大夏天，是大热天，阴天下雨就不是吃凉粉的时候。那么，冬天不就更不是吃凉粉的日子了吗？是这么个意思。冬冷寒天的，你再坐在大街上，冷风哈气地吃一碗凉粉，受得了吗？冬天吃凉粉是要在家里吃。矿上有不少好心人，即使是不太想吃凉粉，也要打发孩子去买一碗凉粉。孩子若是嫌冷不出去呢，家里大人就说，有多冷，出去一会儿有多冷，你有那个卖凉粉的女人那么冷吗？

卖凉粉给王美英增加了一点收入，维持生活，供两个孩子念书。可那点收入，来得真不容易。大同这地方，一年四季很少有好天气，人们都说，大同的风是一年刮两次，从春刮到冬。每到冬春时节，季风卷着沙土卷着煤尘，打在人的脸上，就像针尖扎到人的脸上。

遇到那样的大风,人们都会躲在屋子里。可王美英不能躲,她只能守在凉粉桌子前,任凭风沙打在脸上。有时候,风里好像有妖气,要把桌子刮飞了。这时候,她就赶紧趴在桌子上,压住桌子。

有时候,王美英的儿子会到凉粉摊子来帮着洗碗洗筷子,王美英就着急地说:"你快去你快去,这儿用不着你,你回去学习去吧。你只要学习好了,妈就放心了,就高兴了。"儿子不听母亲的话,非要帮着洗碗洗筷子,或者是提着桶,到就近的人家去提水。王美英经常到就近的人家去提水。夏天的时候,人们会说,你坐一会儿,凉快一会儿再出去。到了冬天呢,人们就说,你喝杯热水吧,喝杯热水,暖暖身子再出去。

有一天,儿子拿着一个邮政袋子来到了凉粉摊子前,很神秘地冲着母亲笑,笑得王美英心慌起来。王美英已经猜到了袋子里的东西,知道是好事儿,但没亲眼看见,难免要心慌。

"你这孩子,快把你妈急死了。"王美英笑着说,"是不是寄来录取通知书了?要是寄来了,你就赶快拿出来,你就别让你妈着急了。"

儿子说:"您自己看,自己看。"王美英的儿子故意逗母亲着急,不说话,笑嘻嘻地把那个袋子递给了王美英。王美英在围裙上使劲地擦了擦手,两只手抖抖颤颤地接过邮政袋子,慢慢打开袋子,抖抖颤颤地把袋子里的东西抽了出来。这下她看清了,是山西大学录取通知书。王美英觉得自己的头,轰的一声,差点激动得昏过去。王美英两手捏着通知书,看了一会儿,又看了一会儿,然后才抬起头,盯住儿子的脸说:"这……这……这……你爹保佑你爹保佑你啦。"王美英颤抖着嘴唇,高兴地说不出话来。有什么东西掉在了通知书上,啪的一声,是眼泪。

王美英害怕眼泪打湿通知书,就把通知书捂在胸前,任凭眼泪不停地掉,不停地掉。

第五章
"偷着乐"

晋北矿的人,都知道那个外号叫"偷着乐"的女人。日子久了,人们就忘了她姓什么叫什么,都管她叫"偷着乐"。有时候,有人看见她站在那儿突然笑那么一下,露出左边的一颗小虎牙,就心里难受,长叹一声说,唉,这个女人真是可怜呢。也有人不那样认为,他们说,这样也好,这说明她是快乐的,是心里快乐呢。

"偷着乐"是从什么时候开始偷着乐的呢?那已经是多年以前的事了。多年以前的一个黄昏,下起了毛毛雨,正是工人下班回家的时候。

矿山里只要一下雨,就泥泞不堪,没有一条好路,其实矿山里没有路。

矿山的山坡上盖满了自建房。自建房是瞎建乱建,见缝插针,那可真是乱七八糟。有人看见山坡上的这块地方能盖两三间房子,就在这里忙活起来,看见那块地方能盖房子,就又有人把那块地方利用起来。盖起来的房子,大小不等,样子不同,但都是一出水的房顶,房顶像扣过来的簸箕,一座一座趴在山坡上,一层一层趴到山梁上。煤矿人盖房是利用班前班后的休息时间,一个人在那里慢慢地垒墙,今天垒一点,明天垒一点。一天又一天,一年又一年,慢慢地把墙垒高,慢慢地盖起房子。

矿工要盖房成家，要娶个老婆，要历经年月，那可真不容易。

乱盖乱建的居民区里当然就没有通畅的路。人们从这个房角拐过去，再从那个墙角拐出来，拐来拐去地走，有时候就走到了别人家的房顶上，黑夜的时候呢，还容易撞到别人家的烟囱。这样的小路，一旦下起雨来，那可真是泥泞不堪。居民区里没有下水道，人们倒泔水的时候，院子大的人家就把泔水泼在自家的院子里，院子小或者是没有院子的人家，就把泔水泼在路上。但水是宝贵的，女人们用水时就很仔细。洗菜水不是洗完了就倒出去，是要放在盆子里澄，把澄清的水留着再洗菜，或者是洗衣裳，或者是做别的用。洗衣水也舍不得全倒了，第一遍水里有泥有肥皂沫子，是要倒掉的，投衣裳的水就舍不得倒了，留起来有别的用处。这样一来呢，倒出去的水就不是太多，外面也不是太黏，太黏的时候主要是下雨的时候。

"偷着乐"就是张小碗在山坡上盖起了两间房，从内蒙古那边娶过来的一个女人，那时候她还不叫"偷着乐"，好像是叫二妮儿。但也不准确，许多年了，不是我一个人想不起她那时候叫什么，矿上的人都已经想不起她叫什么了。反正现在大家都叫她"偷着乐"，已经叫惯了。煤矿从内蒙古那边招来很多男人，男人们就从那边娶来很多内蒙古女人。"偷着乐"结婚的时候，她的父母也从内蒙那古边过来了，她父亲看着房子说："这房子，虽说是两间，可又小又矮，抵不上草原上的牲口棚子大呢。"女儿听了这话，就赶紧说："两个人住，管够大了，住也住不过来呢，反正我喜欢，我满意。"父亲见女儿对生活充满了信心，也就高兴起来了。父亲说："好，只要你们两个人相亲相爱，就比住金銮殿还好呢。"她把父亲拉到一边，悄悄地说："爹，你回去别跟二羊蛋说我住的是小房子，就说我住的是很大很大的砖瓦房，告诉他别再惦记我了。"

父亲笑了，笑着说："你以后也别再惦记二羊蛋了，嫁给谁，就跟谁好好过，不能三心二意，记住了吗？"

二羊蛋是牧民，他们从小在一起长大，二羊蛋喜欢她，她也喜欢二羊蛋。尽管两个人没有说过要成亲的事情，但两个人心里都有那种想法，只是一直没说。当然，她更希望自己变成城市人，她对城市充满了渴望。所以有人给她说媒时，她就一口答应了，说愿意嫁给煤矿人。

煤矿人，经营起个家来，那可真是不容易。所以这个家，就有了与其他家庭不一样的含义。

那天黄昏，下着小雨，正是男人下班回家的时候。

男人早晨走了，女人这一天就不得安宁，整天都竖起耳朵，听着外面的动静，就像松鼠竖起耳朵那样警觉。她们听什么？听矿井下有没有出事故的消息。要知道，有好多人，都是早晨好好地走了，可回来的时候，却可能受伤了，更惨的是，那个早晨走了的人，就再也不回来了。

女人都梦想着天天能见到自己的男人，这对煤矿外面的女人来说，不是问题。但在煤矿，却是女人一个最大的问题，是多少年来都解决不了的一个大问题。女人揪心揪肝地等回了男人，看见男人脱鞋上炕，坐在大花油布上，女人就觉得坐在花油布上的男人像一尊佛，别提有多高兴了。男人喝下一杯酒，女人再给男人倒满一杯，再喝下一杯，再倒满一杯。男人被女人伺候得这么好，男人就想跟女人做那种事儿了，那真是憋也憋不住。有今天没明天的日子，更让人不放过在一起的任何时候。

小雨簌簌，挺凉爽。

"偷着乐"站在院门外，心急火燎地往山下望，望男人。

小雨簌簌，凉凉爽爽地飘散在"偷着乐"那滚烫滚烫的脸上。

家家户户的烟囱里冒出一缕一缕炊烟,那一缕一缕炊烟,飘荡在微微细雨中,缠绕着山峦缠绕着房屋缠绕着树,就像一缕一缕思绪,轻轻漫漫,随风飘摇。

从山下上来一个男人,不是"偷着乐"的男人,是别人家的男人。人们都管那个男人叫"二尾子",当地人把"尾"读作"以",是方言。"二尾子"说话细声细气,娘娘腔,所以人们都叫他"二尾子"。"二尾子"是不男不女的人,但晋北矿这个"二尾子"不是不男不女的人,他确实是个男人。人们管他叫"二尾子",他也愿意答应,有人那样叫他,他就笑笑地哎一声。"二尾子"是个好开玩笑的人,说话没一点准儿,他老婆就不信他的话。他老婆常跟人说,别听他的,他嘴上没有把门的,没一句正经话。

"偷着乐"看见"二尾子"走近了,就叫了一声"二尾子":"你看见我们家的张小碗了吗?"

"二尾子"是从心里要报复一下问话的女人,就开玩笑地说:"我听说他们队里好像是出了点啥事故,不过我也不太清楚是出了点啥事故。"

"二尾子"确实想开个玩笑,笑着走了。"二尾子"的家还在上边,得走到山梁上。家门前有棵杏树,年年春天开出一树白花花的花,山坡上的人都能看见那一树白花,可那棵树是光开花不结杏,人们都说那是棵公树。

"二尾子"是矿上出名的人,可他是怎么出名的呢?是靠自己剁掉自己的一只手出名的。有一次,他在井下干活时,液压支架倒了,砸住了他的左手,就是从手腕那儿砸住的。液压支架好几吨重,不管人们怎么撬怎么弄,液压支架却纹丝不动。"二尾子"跟工友们吼道:"快,你们快拿斧子给我把手剁下去!"哪个工友能下了那样的黑手?谁也下不了那样的黑手。"二尾子"就又吼:

"给我斧子给我斧子。你们把矿灯照住我的手腕子,让我看得清楚点。"工友们就用矿灯都照住了"二尾子"的手腕,手腕那地方有黏糊糊的煤泥。血液浸湿了煤面子,是看不见血色的,只能看见黑乎乎的煤泥,那种黏糊糊的样子更恐怖。流血、疼痛,会要了"二尾子"的命,他不能被一只手拽走自己的命。他举起右手,哗一斧子下去,就把自己的左手腕给砍断了。他用右手砍掉了自己的左手。

后来,有不知道的人看见他用绷带挎着胳膊就问他:"你出工伤啦?"他笑着说:"不是工伤,是私伤。"他故意放低声地说:"有一天晚上,我跑到一个小媳妇家去占人家的便宜,没想到小媳妇的男人突然回来了,吓得我呀,一下子就从后窗户跳出去了。可没想到窗户外面是很深的崖头,就把胳膊跌断了。"他这样瞎说八道的话,就传出去了,所以"二尾子"剁手的故事就变成了两个不同的版本在矿上流传起来。矿工会竞赛委员会要把"二尾子"树立成劳动模范,有个领导就批评他,说你他妈的能不能不瞎说八道啊,你明明是在井下剁掉了自己的手,可你咋就跟别人说是去占人家小媳妇的便宜把胳膊跌断了呢?这不是有损工人阶级的英雄形象吗?以后可不能再这么说了,你听见了吗?再后来呢,矿上要照顾他,调他到井上去干点清闲活。可他说啥也不上井,他有他的小心眼儿,下一次井,能多挣五块钱入坑费,这就比井上工人一个月多挣一百多块钱,在井下挖煤还有效益奖,比起井上工人又能多挣不少钱。他想多挣点钱养活家口。他老婆和两个孩子都是临时户,特别是两个孩子,学校今天要这种钱,明天要那种钱,将来考上大学更费钱,用钱的地方还多着呢,所以他不接受照顾,硬是甩着一条胳膊去下井。矿上就把他树立成了身残志不残的劳动模范、独臂英雄,把他的事迹写成稿子,发表在报纸上，他就出名了。

"偷着乐"还想再问问"二尾子"，到底说的是真话还是假话，可再看"二尾子"的时候呢，他已经甩着一条胳膊，走远了。好像是走到别人家的房顶上去了。"偷着乐"自言自语地嘀咕道："说话说半句，真不是个好东西。"

"偷着乐"站在小雨中又等了一会张小碗，还是没等着。有男人从山下上来了，她就赶紧问人家张小碗他们队是不是出事故了，出了什么事故？别人说不知道。她觉得人们是在隐瞒事故，故意瞒着她，不让她知道。她心里就像着了火一样，烧得浑身难受。她对自己说："不行，我得下去找找我男人。"她沿着曲里拐弯的小道，往山下走。居民区里弯弯曲曲的小道泥泞不堪，紧注意着，就滑倒了，屁股上沾满了泥。雨是一会儿大，一会儿小，一会儿又没有了。她已经被雨水淋得浑身透湿了。她一路上跌了好几个屁股蹲儿，好像尾骨骨折了，很疼。

终于走到山下了，过了河湾，就是井口，她要到井口去看看。自从嫁到矿上，她还没到过井口呢。矿上的女人，大概都想去那个井口，但都没去过，男人们不让去。女人身上有血腥气，窑神不喜欢女人到窑口去。矿上的女人听男人这么一说呢，就都怕窑神不保佑煤矿安全，就不敢去。可是这回，"偷着乐"是顾不上了，直奔井口而去。从山上下来,要去河湾对面的必经之路是一座吊桥。一根一根胳膊粗的钢丝绳从河湾这边连向那边，钢丝绳上铺着木板。吊桥忽悠忽悠地颤，忽悠忽悠地摇，摇得她有点头晕。吊桥下面是干涸的河床，河床里到处都是垃圾。那些给人们治疗骨折用过的石膏模型，有胳膊有腿，惨白惨白地裸露在河床上，看上去十分恐怖。她刚来矿上的时候，这条河湾里还有水，是一条山川河。几十年过去，河湾里就没有水了，就变成了一条裸露的河床，只有下大雨的时候,河床里才有洪水,像今天这样的小雨,河床里是没有水的。河干了就不会再有河了,这是多么可惜。

想起往事,她有苦有乐,但只要男人活着,就觉得有苦也不苦了。她晃晃悠悠地过了吊桥,急忙跨过铁道,走到了井口边。仰起头看井架,雨水就一滴两滴地掉到她的脸上,她觉得火烫的脸凉一下凉一下,那种感觉挺好的。井架顶上有一个旋转的大轮子旋转着钢丝绳,钢丝绳把罐笼提上来,再送下去,上井和下井的工人就是乘坐罐笼上来下去的。

矿工从井口出来,满脸煤黑,只有白眼仁儿是白的,只有嘴里含的烟卷是白的,雪白。下井工人上井的第一件事是抽烟,急着抽烟。他们在井下待了十多个小时,早就憋不住烟瘾了,这会儿一出井,就要找个地方,或蹲或站,连续抽三四根烟,过足了烟瘾,就觉得跟神仙一样了。他们对幸福的要求其实就是那么简单。

"偷着乐"眼珠子不转地盯着每一个黑乎乎的人,尽管都黑得分辨不清谁是谁,但她有信心能从那些黑乎乎的人里边,分辨出谁是他的男人张小碗。

一拨一拨的人都从她的视线里走过去了,但她最终没有看到她的男人张小碗。

她想应该到医院去看看,看看医院里有没有自己的男人张小碗。医院就在井口西边二百多米的地方,离井口不远。当年建矿时,人们就考虑到了煤矿医院的重要性,考虑到了煤矿医院和煤矿的紧密关系,所以煤矿医院就建在了井口不远的地方。煤矿的山沟里,平地不多,医院就建在不多的平地上。山沟里的那点平地,是矿山里的黄金地段。井口、医院、办公楼,还有一条运输煤炭的铁道,几乎把矿山里那一溜黄金地段全占去了。"偷着乐"流着眼泪往医院走,她进了医院急诊室,看见一个黑乎乎的井下工人,正龇牙咧嘴地呻吟着。她急忙跑过去喊自己男人的名字，那个人不答应。她凑近前仔细看，那个满脸煤黑的人不是自己的男人张小碗。那个人本来是穿着蓝色劳动布工作服，但工作服却是彻底黑，只有知道的人才知道那是蓝色劳动布工作服。露出来的手和胳膊，全是黑的。听说是腿被砸断了，黑乎乎的裤子上粘着黏糊糊的血迹，是黑色血迹，湿乎乎的害怕。医生说，股骨已经砸碎了，只能从大腿根儿上锯断了。煤矿人锯胳膊锯腿是常有的事情，保住性命比啥都重要。那个黑乎乎的人，龇出雪白的牙齿，疼痛地哀叫。他的声音是那样粗壮，把房子震得晃晃悠悠。所有的人都听到了他嘶哑的喊叫声："我不锯腿，我不能锯腿，锯了腿我一家人将来咋活呀！"他让工友赶快去把他老婆叫过来，要跟老婆商量商量。医生说不能再耽搁了，再耽搁下去就感染更严重了，周围组织就会严重坏死，那样是会要命的。

医生抖着铰开的裤子说："你们看看，腿都砸黏了，不锯有啥用？你们看看，你们看看黏成啥样了？就像一摊烂泥。"

又黑又黏的一摊血肉，看上去真是恐怖。

"偷着乐"突然打了个哆嗦，感到浑身发冷，想吐。她确信那个受伤的矿工不是自己的男人张小碗。她赶紧往后退，急急忙忙地走向住院区。推开一个病房一个病房的门往里张望，有时候看到认识的人也顾不上打招呼，就又去看下一个病房。挨个儿看，她要看遍所有的病房。

"偷着乐"在走廊里看见了坐在轮椅里的张小二。张小二离她家住得不远，住在她家西边的山坡上。张小二正在跟一个左腿骨折的矿工说："你别叫他给你做手术，他技术不行。"张小二瞅着那个走过去的大夫悄悄地说："我的腿就是他给做的手术，两年做了两次手术了，到现在我还站不起来呢。你别叫他给你做手术，叫他做手术，好腿也得做成坏腿。"

"偷着乐"跟张小二打了个招呼，摸了一把张小二的头顶，这就让她突然想起了苗三满红。苗三满红也是一个坐轮椅的人。好像苗三满红是个复姓，其实不是，苗三满红的大哥小名叫满红，二哥就跟着叫二满红，轮到他了，就叫三满红。他们弟兄三个，他们是山西河曲县人，住河曲山里，也不知道农村人上户口的时候是不是想咋上就咋上，所以就上成了那样的名字。苗二满红和苗三满红同时被招到矿上当了下井工人，但后来苗二满红却吓跑了，又跑回农村种地去了。有一回，井下工作面发生了透水事故，苗二满红被水冲到了高处，井下救护的人经过两天两夜才找到他，他的下半身埋在煤泥里，动不了了，趴在那里等死。井下有大顶塌落、瓦斯爆炸、透水事故，被称作三大自然事故。苗二满红被救时为什么是半个身子埋在煤泥里？因为井下一旦发生透水事故，地下水就会冲进工作面，水不全是水，水里裹挟着煤块儿石头还有碎煤面子，就像泥石流，会淹没工作面。苗二满红被救援的人找到的时候，胸部以下都埋在煤泥里，抻着头在那儿等死。等死可不是谁都能受得了的事情。苗二满红被救活以后，说啥也不当工人了，卷着铺盖回老家了。

苗三满红没有走，他走不了了，下肢瘫痪，坐着轮椅在矿上活着。苗三满红不是在矿井下砸瘫痪的，是在家里睡觉的时候被砸成了下肢瘫痪。有一年秋天，连阴雨下了五天五夜，矿上的人都拿着油毡、塑料布、井下用过的旧风袋，还有人干脆把炕上铺的油布拿到了房上苫房顶。自建房的房顶也就是抹了一层大穰泥，泥上再抹一层水泥。这样的房顶其实是两层皮，一旦有水渗入，就变成泥是泥，水泥是水泥，水把水泥下的大穰泥泡开，房梁的承重就会越来越重，这样的房顶根本经不起五天五夜的雨水浸泡。

有些房子，人们是眼看着就塌了。房顶从中间突然断裂，变成了一口巨大的锅，接着天上掉下来的雨。那些天，家家户户的房顶都开始漏雨了，人们把锅碗瓢盆等等摆在家里的各个地方，接着滴滴答答掉下来的雨水。全矿的人都心神不安起来，觉得要天塌地陷了。一天半夜，苗三满红一家人正在睡觉，房顶上突然发出咔嚓咔嚓的巨响，惊醒了睡梦中的夫妻二人，跑已经来不及了，苗三满红猛一下趴到妻子身上，弓起脊背，房顶就轰隆一声塌下来了。当人们把两个人救出来的时候，苗三满红昏迷不醒，身下的妻子没有受伤，被人搀扶起来还能走路。苗三满红的老婆疯了一样哭喊起来，让人们赶快去救她的两个孩子。值得庆幸的是，孩子的房子没塌，孩子是安全的。

当她知道了两个孩子没有危险的时候，又哭喊着扑向苗三满红。人们把她揪扯开，以最快的速度把苗三满红送进了医院。煤矿人见惯了抢救场面，经历了太多的救人过程，对那种事情已经很有经验了。经过医院抢救，苗三满红被救活了，但是腰椎砸坏了，下肢瘫痪。从此，苗三满红就过上了坐轮椅的日子。天气好的时候呢，妻子会推着苗三满红出来晒太阳，推着他到处走走，到别人家去串门子，说笑话儿。说笑话儿的时候呢，有人就问苗三满红，你还能不能跟你老婆干那个了？他说能啊，咋不能呢？你说奇怪不奇怪，咱们矿上砸坏腰的人多了，他们跟我一样都坐着轮椅，可他们不行，我行。人们就说，你就吹吧，你就过嘴瘾吧你。人们笑过之后呢，就觉得心里有点难受，替他女人难受，好端端的一个女人，正值中年，就开始守活寡了。平常，人们开玩笑地说女人三十如狼四十如虎。可矿上有太多的中年妇女在守活寡，这怎么能不让人心里难受？

苗三满红的老婆可是个好老婆，平时不舍得吃不舍得喝，有点好吃好喝的，都紧着苗三满红和两个孩子，她自己连块糖蛋蛋都舍不得往嘴里塞，人们都说苗三满红娶了个好老婆。苗三满红的老婆刚娶到矿上来的时候，整天都是笑嘻嘻的。那时候，苗三满红还没有房子，喜房是租来的一间自建房。小两口儿的最大心愿，就是能有一间自己的房子和一处小院儿。苗三满红说："不着急，我有力气，我盖房，盖一间咱们自己的房子。"苗三满红的老婆说："盖一间不行，至少要盖两间，等孩子长大了住。"苗三满红夸奖老婆有远见，比他想得远想得周到。苗三满红物色了一块山坡，就在那里坎山采石。苗三满红的老婆比丈夫更有积极性，每天早晨伺候丈夫吃完饭去下井以后，就来到那块山坡上挖山采石，石头也攒多了，她的肚子也鼓起来了。苗三满红说："你不能再干这种体力活儿了，你得好好地怀孩子，不能再这么干了。"苗三满红的老婆笑着说："我没那么娇气，我得抓紧时间干呢，得把孩子养在自己家里，不能让孩子出生在租来的房子里，得让我的孩子有个自己的家。"他们盖起了房子，有了自己的家，苗三满红的老婆在家里养下一个胖小子。

煤矿女人养孩子是不去医院的，都是在家里。除非遇到难产的时候，接生婆说不行了不行了，接不了了，得赶紧送医院，人们才赶快把产妇往医院送。煤矿上有好几个接生婆，人们都认识，谁家的女人快要养孩子了，就到接生婆家去打招呼。接生婆就应承下来，说是到时候一定去。接生婆觉得女人养孩子难是难，但不是啥了不起的事情，也就是女人自己多使点劲，把孩子努出来，她用剪子剪断脐带，拿碘酒棉球消消毒，就完事儿了，只要不是难产就行。接生婆的剪子，就是平常做衣裳时铰布用的剪子，剪脐带前，在开水锅里煮煮。苗三满红的老婆养第一个孩子时，还懵懂无知，不知道害怕，就把孩子养出来了。到了养第二个孩子的时候呢,就觉得已经养过一次孩子了,这次也就无所谓了,该到养的时候养就是了。其实,矿上的女人都是这么想的,也是这样过来的。粗糙的生活,磨砺出了煤矿人无畏的性格。

苗三满红的老婆本来还想养第三胎,可没想到的是,男人为了保护她,把腰砸坏了,这让她一直都耿耿于怀。她总是想,怎么男人砸着了后背,可前面儿却不能用了呢?这可真是奇怪的事情啊。过去男人下井挣钱比井上工人挣得多一点,生活不算困难。自从男人下肢瘫痪以后,挣点劳保的钱,又得生活又得吃药,钱就不够花了,生活就紧张了。怎么办?养猪。她从山坡上刨出些片石,搬回家盖猪圈。她跟着丈夫盖过房子,有经验,盖猪窝就觉得很容易。苗三满红老婆养的猪不注水,不喂乱七八糟的东西,传统的养法,只喂粮食喂菜,是实实在在的猪,人们吃了都说好。苗三满红老婆卖的猪肉价要比市场上的肉价高三块钱。尽管价高,但不愁卖,每次杀了猪,很快就卖光了。有的人买不上,还挺懊丧的,恨自己来晚了。

因为猪,苗三满红的老婆还跟矿长发展成了铁关系。矿长说,我不管你一年养几头猪,但每年过大年的时候,你必须给我杀一头猪。就这样,好多年了,换了两任矿长了,矿长家过年吃的猪肉都是苗三满红老婆专供的。矿长还要把猪肉送给上级领导一些,上级领导吃了猪肉也说好。矿长需要送肉的上级领导挺多的,一头猪当然不够送,就让下边的人给苗三满红老婆捎话,能不能一年供两头猪,起码供两头猪,价钱再贵点也行。苗三满红的老婆说,不行,这么大个矿,想买肉的人那么多,我总不能把肉都给当官的吃了吧,我总得对得起矿上的老百姓不是吗?苗三满红的老婆真是跟着猪沾光了,有一年矿上招工,他去找矿长,矿长居然很痛快地答应了她,把她儿子招成了矿上的长期工。矿上的人也看到苗三满红老婆养猪养出利来了,可要吃那样的苦,想来想去,谁都吃不下去。人们都佩服苗三满红的老婆能受苦。她每天给一家人做饭,给丈夫熬药清洗大小便,给两个孩子缝缝补补,给猪出食,还要出去捡菜叶子,累得昏头昏脑,每天晚上,头一挨住枕头就睡着了,也就顾不上男女那点最快乐的事情了。后来,苗三满红的老婆还学会了杀猪,连雇人杀猪的钱也省下了。苗三满红有时候会开玩笑地说,我这个老婆我是越来越不敢惹她了,这家伙,白刀子进去红刀子出来的,谁敢惹?

"偷着乐"一边找张小碗一边想,男人可千万不能就那么悄悄地走了啊,哪怕他就像苗三满红那样不能动了,也不能没有他啊。在煤矿,谁家能平平安安地过日子?好像谁家都不太可能平安,平安了,反倒奇怪了,少了少了,也得砸脚碰手呢。

张小碗早晨出门的时候,妻子说,你下了井,可得注意安全呢,可千万千万得注意安全啊!其实,妻子不只是今天这么说,每一回丈夫要去下井,都要这么说。别人家的女人也是这样说的。就好像男人要去打仗了,一种生离死别的叮嘱。这是其他人和其他工种不能理解也体会不到的。

煤矿有句俗话:睡不醒的窑黑子,吃不饱的讨吃子。意思就是,下井工人睡多少觉都睡不够,讨吃子吃多少饭都吃不饱。

下井工人下了夜班,回到家吃口饭就赶紧睡觉,有时候连中午饭都不吃,就那么一直睡,一直睡到黑夜,爬起来吃了饭,又去下井。两头不见太阳。下了井,一边干活儿,一边还得防着头顶上掉下东西来,高度紧张。体力上和脑力上都不能有一刻放松的,很消耗精力。井下是几百米深的地方,是黑咕隆咚的地方,人在黑暗中待久了,本来就容易瞌睡,如果下了夜班再没睡好,到了井下就更扛不住瞌睡了。有好多人,都是想靠着柱子或者是煤壁,打个瞌睡，缓一缓马上醒来，但是，上眼皮一挨住下眼皮，就睡着了。有好多人，就是因为那样大意而出了事故，有的被顶板上掉下的煤石砸伤了，有的干脆就在睡梦中永远醒不过来了。

"偷着乐"非常重视男人睡觉的事情。丈夫下夜班在家睡觉的时候，她就站在家门外面，只要发现有孩子过来，就赶快迎上去说，你们快到别处玩去，你大爷在家里睡觉呢，快快快，快到别处玩去。她看见狗过来了就打狗，看见鸡过来了就撵鸡，看见麻雀飞过来了，就赶紧扬起褂子轰，绝不允许有一点别的什么东西来影响她的男人睡觉。为了守护丈夫睡觉，她给丈夫站了大半辈子岗。过去，孩子小的时候，她怕孩子哭，往往是抱着孩子，锁上家门到别人家去，或者是抱着孩子在外面瞎溜达。到了冬天怎么办？到了冬天也尽量躲在外面，给孩子多穿点衣裳，捂上棉帽子，在街上溜达，到商店里去烤火，看看谁家能进去就进谁家，那样的日子，让她觉得丈夫是越来越重要了。人下了什么辛苦，就更懂得珍惜什么了。没有丈夫，不行，真不行。

有人看见她跟她说："你看你，晒成个啥了，黑的。"

"我有他们黑吗，有他们黑吗？"她指着走在山坡小道上的几个回家的下井工人说，"你们再看看那个背着炭块子的人，黑不黑，我有他黑吗？"

"偷着乐"在一间病房里看见了姚水鱼，打算跟姚水鱼呱啦一会儿，顺便缓一缓。姚水鱼患了急性肠胃炎，就是拉肚子的那种病，本来拉肚子是不需要住院的，矿上的人要是听说谁是因为拉肚子去住院，就会笑话谁。人们会嘲笑地说，嗨，就一个拉肚子还要住院啊？你真是太娇气了吧。可姚水鱼这回不一样，上吐下泻，还发高烧，居然昏过去了，这才被男人送进医院。煤矿人平时不咋用药，用点药就管用。姚水鱼只在医院住了两天，就说自己好了。

她看着"偷着乐"说:"你来做啥,来看你男人,他出工伤啦?""偷着乐"说:"我是来找我男人来了,在井口那边没找到,就找到医院里来了,看看他在不在医院里。你听没听说张小碗他们队里出了事故,有没有工伤被送进病房?"姚水鱼说:"没听说今天有大的工伤事故,没听说。至于有没有工伤被送进来,估计应该有,下井工人砸着脚碰着手,被顶板上掉下来的东西打破脑袋的人天天有,被送进医院来,那是太平常的事情了。"姚水鱼看见"偷着乐"愁眉苦脸的样子,就给"偷着乐"解心宽地说:"你也别太紧张了,要是张小碗出了工伤,他们队还不派人通知你?也许他是加班了,可能一时半会儿还出不来,要不就是到哪个相好的女人那儿去了,你别这么自己吓自己了。"煤矿工人迟出井,或者是连班干,那是常有的事情,有时候,工作面里突然遇到了需要及时解决的问题,因为当班的人已经熟悉了那样的问题,就需要留下来继续工作。姚水鱼想给"偷着乐"解心宽,就笑着说:"我明天就出院呀,你看看,好的啥也没啥了。"她用眼睛扫了扫"偷着乐"。"偷着乐"说:"你可真是不简单,住过院了。你看咱们矿上的女人,谁住过院,有病都是在家里扛着,谁住过院?住一回院,死了也不冤枉了。"两个女人就笑开了。煤矿女人负担重,除了心理负担就是生活负担,每天给男人换着花样做饭,严严实实地看护孩子,那种坡上坡下的环境,容易摔伤孩子,有的孩子甚至会摔到山沟里去。有那么多事情要做,有点病,哪还顾得上去住医院?所以"偷着乐"才说姚水鱼能住医院是有福气。

其实呢,姚水鱼没福气,姚水鱼能有什么福气呢?姚水鱼的第一个男人在井下砸死了,又找了第二个男人,还是个下井工人。这个男人四十多岁才娶老婆,原来他以为自己这辈子是打光棍打定了,可没想到姚水鱼突然变成了寡妇,还带着两个孩子,经人介绍，姚水鱼就带着两个孩子嫁给了一个光棍汉。把个光棍汉高兴的呀，说是一定要对姚水鱼好好的。可姚水鱼却说："我提前声明，你对我好不好都行，但你必须得对我的孩子好。要是你对我的孩子不好的话，那我就跟你过不住。"光棍汉说："那还用说啊。两个孩子没了爹，已经够可怜了，我再不对他们好，我还算个人吗？他爹死了，我就是他爹。你放心好了，两个孩子将来管我叫爹更好，不叫呢，我也要像爹一样对他们好，你就放心好了。"姚水鱼又给第二个男人养了两个孩子，一家人过得很好，没有因为你的呀我的呀，闹过意见。

姚水鱼有时候觉得自己命好，有时候又觉得自己命不好。要说命好呢，又找的第二个男人就知道下井挣钱，就知道受苦，一点也没嫌过她带着两个孩子嫁过来；要说命不好呢，也还真是命不好，自己的第一个男人，突然就死在井下了，回忆起来，好像连一点预感都没有。那是十多年前一个中秋节的前一天晚上，男人要去上夜班，临出门时，男人一只手抓着门把手，回过头对女人说："你明天早晨给两个孩子穿点好衣裳，等我回来，咱们回老家过八月十五去。"男人的爹妈住在大同县的农村，女人的家也住在大同县的农村，两个村子离着二十多里地，离得不算太远。他们那里有很多死火山，城市里的人经常去那里旅游，去看死火山。他们那里的人也是用石头盖房子，只不过盖房子用的是火山石，不像煤矿人用的是片石。但两个地方的房子都是石头房子。

姚水鱼的第一个男人叫陶祝，是个小组长。陶祝从家里出来，矿山里已经漆黑一片了。他走在漆黑的小道上，矿山里没有路灯，完全是凭着经验往山下走。夜班的上班时间是晚上十点钟，陶祝是晚上八点四十分出的家门。如果路上正常的话，是不会迟到的。这天早晨，他下了夜班回到家里，吃了早饭，倒头就睡。中午吃饭的时候,老婆叫醒了他,吃了午饭继续睡。上夜班的煤矿工人,就是这样打发每一天的。他们很少跟太阳打交道。在他睡觉的时候,老婆在家里尽量少走动,少点动静,就像猫一样轻手轻脚。男人不睡好觉,到了井下那个黑乎乎的地方就更容易犯困。犯困的时候,警觉性就低,有什么东西掉下来不容易发现,就会发生危险。男人在家里睡觉了,女人就不远不近地守着。女人给男人空出穿衣裳的时间、洗脸的时间、吃饭的时间,再空出路上的时间,唯独没有空出谈情说爱的时间。艰难的生活好像不给他们留出那样的时间。男人吃完晚饭,当然晚饭要多吃,下了井以后,就是再饿也没地方去吃饭了。跟井上工人不同,上四个小时班,就到了吃饭的时间,再上四个小时,八个小时的一个班就上完了。下井工人虽然说也是八小时工作制,但实际上一个班根本不是八个小时。他们从家里出来,走到井口澡堂,换上下井的衣裳,穿上黑色长筒大雨靴,进入井口罐笼,罐笼把他们送到几百米深的地层深处。出了罐笼,走在大巷里,走到了一定的地方,再往工作面走,这一趟下来,就得一两个小时甚至还多。他们要在工作面里干六七个小时采煤的活儿。这样下来,一个班少说也得十多个小时。上了井以后还要洗澡换衣裳,一天两回,真够麻烦的。没有耐性,真是不行。煤矿人,要像骡子一样有耐性,不卸辕就一直走,他们就这样扛着生活的重担。

  虽然是秋天,但陶祝是穿着棉袄走进工作面的。井下和井上不一样,没有春夏秋冬。矿上有风机房,二十四小时不停地往井上抽风往井下送风。大巷里风大,呼呼的,不穿棉衣不行。从大巷走进工作面就好像是突然间从冬天一下子就跨进了三伏天,赶紧脱棉衣,只穿个裤衩背心也还是热得穿不住。往溜子上铲煤的时候,汗水不停地流进眼里,杀得眼睛难受。矿灯的光束里,翻飞着亮晶晶的煤面子。煤面子吸多了，就容易得硅肺病。

下井工人有多难？普通人不清楚。但不管有多难，他们每天都要去下井。

陶祝跟两个工人说，我们这个夜班的任务是要把工作面切巷贯通。下井工人喜欢那样说，把要干的活儿说成是任务。采煤的时候也是那样说，我们这个班，每个人要完成几吨几吨采煤任务。任务是工作，但又和工作有着某种不同的含义。三个人明白了这个班要完成的任务，就抱起电钻，在煤壁上突突突地打眼。电钻的钻杆两米多长，需要两个人抱着电钻打眼。打好炮眼，往炮眼里装炸药，再然后是联炮，炮线放长至三百米左右，就差引爆了。引爆后是有危险的，另一个工作面的水可能会冲过来。陶祝考虑到了这种危险，对两个工人说："你俩先撤出去，等你们撤出去以后，我再拉炮。"拉炮就是引爆炸药，放炮。陶祝看着两个工人向外面走去，两束矿灯的光在黑暗中左晃右晃，上晃下晃，两个人深一脚浅一脚地往远处走。黑暗的矿坑里回响着踢踢踏踏的脚步声。后来，灯光不见了，走路的声音也听不见了，工作面里变得死一般寂静了，静得人有点憋得慌，有点沉不住气。要是有支烟抽就好了，陶祝想。但是，井下不能抽烟，不能有明火，明火容易引起瓦斯爆炸。一旦瓦斯爆炸，那些飘荡的煤粉就会随之爆炸，这叫煤尘大爆炸。1960年5月9日，山西大同局白洞矿就发生过那样的井下事故，一场事故死了682人，大约是当时职工人数的三分之一。你想想，在你身边，三个人中突然就有一个人死了，那是怎样的一种情景？白洞矿离晋北矿十里地左右，是他们的邻矿，大家经常说起那场事故。

陶祝坐在黑暗里，真想抽根烟来排解这种死寂，但根本不敢。想抽一支烟，在此时此刻，就变成了人生中最大的奢望。他想，要是能喝点酒也行。但是，喝酒也不行，下井前是不能喝酒的。喝了酒，人就胆大了，容易放松警惕，容易出事故。他想，等下了夜班，正好是八月十五，领着孩子老婆，回到父母身边，跟父母过个团圆夜，坐在父亲家里的炕上，跟父亲好好地喝顿酒，喝个一醉方休。到时候，烟也能抽，酒也能喝，多好。他已经好几个月没有回老家了，上次回去，还是初夏，他们那个地方季节晚，庄稼刚长出来。这回回去，就能看见遍地的庄稼金黄灿烂，多好的景色，多么令人高兴的丰收的景色啊。上次回去，是回村去背粮食。老婆孩子是临时户，他一年得回村子三四回，去背粮食。想着想着，他高兴地笑了。他用矿灯这里晃晃，那里晃晃，光束里翻飞着亮晶晶的煤面子。这里真静啊，好像能听到煤面子飞动的声音。他竖起耳朵听了听，能听到了顶板上掉下煤石的声音，不管是煤还是石头，突然就从上面掉下来了，啪啦……啪啦……啪啦……再听听，的确是听不到那两个工友的声音了，他俩已经走远了。

陶祝开始操作放炮器，引爆了炸药。炮线长三百多米，他以为放炮以后，即便是出现什么意外情况，那三百多米也能够让他跑得更远一些。但没有想到的是，放炮后冲过来的地下水那么快，就像飞射的导弹，唰一下就冲过来了，一泻而下。尽管拉炮前他曾想到过有可能会有地下水冲过来，但没有想到冲过来的水会那么快。

提前撤出去的两个工友，听见了拉炮声，他们估摸着组长该出来了，可组长却一直没出来，左等右等，毫无音信。他们开始喊，没有回音。两个人突然预感到了什么，赶紧冲向工作面，发现工作面透水了。拉炮前，他们三个人讨论过透水的事情，但那只是一种估计，他们估计两个工作面贯通的时候，可能另一个工作面会有水，但真的没有想到会有这么大的水。工作面被水淹了，突然间就变成了一个地下湖。他们赶紧给调度室打电话。全矿立即投入抢险急救。调来所有的水泵，抽水。两天两夜以后，工作面的水降到膝盖那么深了，人们早就等不及了，都急急忙忙地往工作面里走，去寻找陶祝。人们找到了陶祝，被地下水淹死了。

陶祝是从大同县招来的井下工人，死亡时不到四十岁，留下了老婆和两个孩子。年轻的生命就那么不知不觉地被定格在了地层深处。

在清理陶祝的遗物时，在澡堂的更衣箱里，人们看到了一个塑料袋，袋子里装着五个月饼。陶祝是想下了夜班以后，带着那五个月饼和老婆孩子，回老家去和父母一起过八月十五团圆节的。但他再也回不去了，再也不能和家人团圆了。从此，他在地下，亲人在地上，永远分开了。

每次看见姚水鱼的时候，"偷着乐"都会想起陶祝死后的情景。矿工们阴沉着脸，不说话，在陶祝家帮忙。人们把黑乎乎的尸体清洗干净，给陶祝穿上新买来的衣裳。他活着的时候，总是穿着黑不溜秋的衣裳，这回工友们要给他从里到外都穿上新衣裳，让他体面地到另一个世界去。人们把陶祝装进棺材里，最后把那个棺材抬到大卡车上去。大卡车把棺材拉到了后山坡。后山坡上有一片自然形成的坟地，煤矿的人死了，都埋在那片坟地里。汽车走的时候，姚水鱼就像疯了一样，往前冲。人们揪扯住姚水鱼，不让姚水鱼往前冲。当地的风俗习惯是，埋葬死人的时候，女人是不能到坟地去的。当然这只限于老婆，母亲和女儿是能跟着去的。陶祝的母亲，坐在儿子的坟头前，就那么哭呀哭呀。老人的白发，在风中一直飘荡。

在陶祝丧葬的日子里，"偷着乐"每天都在陶祝家帮忙，给孩子缝孝衣，帮做饭。在埋葬了陶祝以后的日子里，有几个晚上，"偷着乐"去和姚水鱼做伴，一起睡觉。姚水鱼那会儿总是说，我不想活了。"偷着乐"就劝她："你可不能死呀，你死了，两个孩子咋办？看在两个孩子的分上，你也不能死呀。"后来，姚水鱼说："你以后别来陪我了，你男人和孩子都需要照顾，就别在我这儿费心了。我想通了，我不死，得活下去，得把我男人留下的两个孩子拉扯大。他的一儿一女，我都要给他拉扯大。咱们煤矿人，不怕死，但是我不能死，我还要活出个钢骨劲儿来。"多少年以后，每当"偷着乐"遇见姚水鱼的时候，总想起一个问题，想问问姚水鱼，这些年来，你想没想过陶祝，你想他吗？但每次都没有那样问。这次，在病房里，"偷着乐"又想到了那个问题，她想问，但还是没有问。她对姚水鱼说："你住过医院了，矿上的女人住过医院的可真是不多啊。"姚水鱼笑着说："我是出尽洋相了，真是出尽洋相了。不过，那天我昏过去了，是我男人把我送进医院的，我可是啥也不知道啊。我要是知道的话，我才不叫他送我进医院呢，我才不出这个洋相呢，都怪我男人把我送到这儿来了。"

说到男人，"偷着乐"就慌了，跟姚水鱼说："我不跟你说了，我赶快去找我男人去呀。"她急急忙忙地走了。

在病房里转了转，她没有看到张小碗。有人挎着石膏胳膊，有人躺在床上，石膏腿被钢架上的钢丝绳吊着。惨白的石膏令人恐惧。那个躺在床上，被吊起一条石膏腿的人，一定很痛苦。当她确信她的男人没在医院里的时候，决定回家去看看。这就又害怕了，害怕这个时候，有人正在家里等着她，要告诉她一个不幸的消息。"不管幸不幸，我都要赶快得到一个结果，这样糊里糊涂地害怕，真是太折磨人了。"她对自己说。

雨下大了，水从她的前额上哗哗地流下来，流到眼睛里。弯弯曲曲的小道泥泞不堪，真不好走，有时候，她就像狗一样，四肢着地，往上爬，打滑。她没往好处想，想着刚一进门，就会有人告诉她一个不好的消息。这样的结果最不好。最好是，回到家，看见男人在家里躺着，或者坐着，受了一点伤，哪怕是砸断了一条胳膊，她也要谢天谢地呢。她想象着男人可能会出哪种事故。煤矿人，不出事故不可能。出的事故小一点，就真是谢天谢地了。她心里念叨着："张小碗，你可以出事故，但你千万别出大事故啊？你答应过我，我也答应过你，咱们俩是要一起老死的，谁也不能半路扔下谁啊！"

街上没有人，雨水把人都堵回家里去了。

安静的矿山，只有沙沙的雨声，像有人在偷偷哭泣。

终于走进了家里，她第一眼就看到了自己的男人张小碗，没有别人跟回家来。再看，男人完好无损。她哈的一声大笑起来。那一声笑是那么响亮，把张小碗吓了一大跳。张小碗说："你她妈的咋这样笑，咋跟个疯子似的笑？"

她还在哈哈大笑。

男人说："你能不能也像城里的女人那样，给我来个含情脉脉地笑？你也给我那样笑一下，就那样笑一下。"男人歪着头，做出一个让女人撒娇的样子。

女人好像眼前没人一样，还在笑，张开嘴大笑。

男人真有点生气了，生气地吼道："你疯啦！"

女人听着吼声，哆嗦了一下，突然哭起来了。女人哭着走到墙角，好像怕人看见，又笑起来了。

男人说："这女人，咋突然疯啦？"

张小碗把女人抱到炕上，脱去女人身上的湿衣裳。他看着女人冰清玉洁的身体，马上就来了情绪。但两个孩子还没吃饭呢，得伺候两个孩子先吃了饭再说。饭是现成的，女人早给准备好了。

　　第二天早晨，女人穿好衣裳，又开始给男人做饭了。女人一句话也不说，好像睡了一夜把嘴给睡住了。男人急着去下井，也没顾上跟女人搭话，吃了饭就匆匆地走了。下井工人到了井口澡堂，各自在更衣箱前换衣裳。早晨刚穿的衣裳，现在又要脱下来换窑衣了。他们说，一换上窑衣，人就不由自己了，该死面迎天，不该死又一天。

　　张小碗的女人，总是无缘无故地笑，而且冲着墙旮旯笑，是笑眯眯地笑，露出左边的一颗小虎牙。渐渐的，人们发现了张小碗女人的这个秘密，就传开了。不知道是谁，给她起了个外号：偷着乐。这个外号一下子就被人们认可了。从那以后，人们都管张小碗的女人叫"偷着乐"，"偷着乐"就成了矿上一个有名的女人。人们说起她来，就有点那样的感觉，说不清的感觉。

第六章
爸爸还活着

晋北矿小学大门外面站了那么多人，黑压压一大片，还有横七竖八的小卧车停在马路上和马路边，根本不管你能不能过去，看上去很混乱。好像这里就要发生什么危险事情了，家长都跑到学校门口，来保护自己的孩子。

孩子刚一走出学校大门，大门外面的人群就涌动起来，像被捅了马蜂窝的马蜂，呼一下就乱了，到处乱窜。

有的大人抱起小孩亲两下，又放下。有的大人急匆匆地抱起孩子往小卧车上抱，好像是偷了谁家的孩子，或者是害怕谁来抢走自己的孩子。那些女人，也是急匆匆地走到孩子的队列边，伸手拉走孩子。一切都显得那么紧张混乱，简直乱得让人心生恐惧。

小娟呆呆地站在大门口，看着那些熙熙攘攘的大人，从她眼前接走一个一个孩子，现在就只剩下自己孤零零地站在那里了。熙熙攘攘的人群就像刮过去的一阵风，平静下来了，静得让小娟有点不适应。小娟羡慕那些被大人接走的同学，爸爸要是也来接走自己，那该多好啊。可是，已经有些日子了，爸爸一直没来接自己，听人说，爸爸死了。莫非爸爸死了，就不能来接自己了吗？小娟还是满怀希望地向四周看，还是没有看见爸爸，眼泪涌出了眼眶，吧嗒吧嗒地往下掉。小娟还小，不知道死亡是什么意思，总觉得爸爸还活着,总有一天会来接自己。她盼着那一天。

小娟默默地离开了学校大门,一个人向井口的方向走去。她没有急于回家,而是要多绕一段路,绕到井口那儿去。矿工从井口出来,也有人去井下挖煤。小娟曾跟着大孩子们在井口边等着过爸爸。爸爸说这里有火车,很危险,不让她去那个地方。小娟走在铁道的枕木上,一步一根地走着。有矿工向她迎面走来,她很仔细地端详着每一个矿工,希望突然走来一个矿工,正好就是爸爸。她要兴奋地扑到爸爸怀里,爸爸会一把抱起她,把她举向空中。她会高兴地喊:"你们看啊,我也有爸爸,我爸爸抱着我哪……"

小娟在寻找爸爸的过程中,一次次地想着与爸爸相见的情景。可那样的情景一直没出现。小娟一次次地来到井口,又一次次地流着眼泪离开井口。但总有一天能见到爸爸的想法,在小娟心里一直没有泯灭。这一天终于来了,小娟突然看见了消失多日的"爸爸"的背影,她"爸爸爸爸"地呼喊着,跑向前去。

"爸爸"从井口澡堂出来,拖着疲惫的身子走着,没回头。

小娟边跑边想:"爸爸是没听见,不是不理我。"

小娟难以抑制久别重逢的激动心情,跑得越来越快,一下子扑上去,搂住了"爸爸"的后腰,哭声哭气地埋怨道:"爸爸,你咋不理我,你咋这么多天不回家?"

"爸爸"转过身,愣愣怔怔地俯视着小娟。

小娟也愣怔了,转过身来的人不是爸爸。

不是爸爸的矿工看见小娟的辫子上扎着白布条,一切都明白了。矿工颤抖着手,抚摸着小娟黑亮的头发,眼里噙满了一个男子汉晶莹的泪水。

小娟低下头,抹着眼泪,默默地走了。

那个矿工,一动不动地站着,凝视着孩子小短辫儿上扎着的白布条。

小娟走着,哭着。

矿工感到心隐隐作痛。他急走两步,追上小娟,问道:"你爸爸是谁?"

"我爸爸是张小雷。"

"噢,我认识你爸,我们是一个组的。"他想,张小雷若是活着的话,这会儿也出井了。

"你出来了,我爸咋没出来?"

"你爸嘛,"他停顿了一下说,"你爸正在帮别人干活儿呢。你爸可是个好人呀,总爱帮别人干活儿。别人要是有干不完的活儿,他总要帮人家干完了才走,要不的话,他这会儿也出来了,跟我一块儿出来了。"

小娟仰起头看着矿工,说:"可是,我听大人说,我爸爸死了。可我不信我爸死了,死了就不能活了吗?我知道我爸爸还活着。"

矿工知道小娟还小,不懂得死亡是什么,就顺着小娟的话说:"你爸爸还活着,他让我给你妈捎个话,说是干完了活儿就回去。"说着话,想起了张小雷被砸死在井下的悲惨情景。

"那你就去告诉我妈一声好吗?"

"好,我去告诉你妈一声。"矿工觉得自己得满足孩子的那点心愿。

"我妈病了,病了好多天了。"小娟觉得能跟一个大人说说话,心里很高兴。小娟说,我上小学一年级,过去爸爸经常到学校门口接我,当然也有不接我的时候。接我的时候我就跟着爸爸一起回家,不接的时候就自己回家。可这次不知是咋了,爸爸已经好多天没去接我了。妈妈不能到学校来接我,妈妈得在家里照看弟弟。

小娟不停地说话，想跟大人多说点话。

矿工跟着小娟跨过井口旁边的火车道，往山上走，山上到处是破烂不堪的石头房子。这里的山是秃山，山上不长树，甚至连草都不好好长。晋北地区既高寒又缺雨，山区里的农民种点地，若是碰上不下雨的年份，就颗粒无收。这里的人，活来活去，也就是活个煤矿。煤矿周围的农民知道井下危险，他们不当下井工人。他们能在煤矿找点场上工作就找份工作，找不上场上工作就在矿上做点生意，反正不去下井。煤矿上的下井工人，基本上都是从外地农村招来的农民轮换工。干够了合同期，矿上认为这个人还可以的话，就有可能转成长期工——国营煤矿的正式工人。煤矿从来不考虑农民轮换工的住房问题，农民轮换工来到矿上，得自己盖房子。他们就地取材，在山坡上挖出片石垒墙盖房，满山满岭盖满了自建房。房子不是很高，房顶是一出水，房子看上去是趴趴着的样子，像窝棚。家家户户都有个小院儿，院子里放些劈柴、炭，放些乱七八糟的东西。

矿工跟小娟一边走一边说话。

"你以后，"矿工停顿了一下，"最好是别到井口这儿来，你看这地方又有火车，又有黑牛车，别让车辗着你。"

"我来找我爸爸。"

"这儿危险。"

矿工跟小娟走在曲里拐弯的居民区里。那些房子没有高低大小不同，见缝插针，简直就是迷魂阵。房子的墙皮都是大泥抹出来的，墙皮上浸透着黑乎乎的煤尘。

小娟家住在山坡上，也是自建房。

自建房能简单就尽量简单，一方面是工人盖大房没有能力，另一方面呢，一旦不住了，扔了也不可惜，表现出了人生存在这里的一种不确定性。

矿工跟着小娟走进院子，小娟的弟弟正蹲在院子里玩土，看见姐姐回来了，马上蹦蹦跳跳地跑到姐姐面前急切地说："姐，你看见爸爸了吗，爸爸回来了吗？"

小娟看着弟弟，说："见了，我见到爸爸了。爸爸很忙，爸爸下井去了。爸爸说，过两天一定买很多好吃的，特别是牛肉，带回来给你吃。"小娟侧过脸，看着矿工说："我爸就是这么说的是吧？"

"是是是，你爸说，过两天就回来……"矿工摸着小男孩儿的头顶，好像还有话要说，但没说，翕动着嘴唇。

"人们都说我爸过两天就回来，可爸爸总是不回来。"小男孩儿很不满意地嘟囔着。

矿工走进昏暗的家里，看见张小雷老婆躺在炕上，就像一只弯曲的大虾。

"小娟，你领谁回来了？"张小雷的老婆躺在那儿问道。

"是爸爸一个组的叔叔，我爸让叔叔过来捎个话。"小娟激动地说。

"你爸让叔叔捎个话？"张小雷的老婆忽然欠起身子，看见进来一个陌生的男人，很不自在。

"我叫秋和，跟张小雷是一个组的，"他自我介绍，"孩子她爸让我给你捎个话，他这几天工作忙，可能暂时回不来。"他用眼睛瞅了瞅两个孩子。

"噢……噢……噢……"张小雷的老婆支支吾吾地应酬着。

"还没做饭呢吧？"矿工说，"你们大概还没吃饭吧。"

"唉，我病了好多天了，一起来就头晕，一起来就头晕。"张小雷的老婆说,"真想下地去走走,可就是没劲儿,站不起来。"

"我和张小雷是一个组的,我们的关系一直挺好的。"秋和走出去,走进小院儿里的柴炭房里,劈柴打炭,生火做饭。

"我看你对做饭这种事情挺熟练的,你肯定在家里经常做饭,是吧?"张小雷的老婆很感动地说,"你老婆平时是不是不咋做饭?"

"我老婆?"秋和停顿了一下,"我老婆跟我离婚了,离了两年了。"

"你有孩子吗?"

"有个儿子,四岁了,在乡下呢,我妈给带着呢。"

秋和拿起扁担,拎着两个水桶,去挑水。他发现水缸里的水不多了。自来水管在山坡下,从山下挑一担水上山,比牛拉车都难,那不是女人和孩子能干的活儿。秋和给张小雷家挑了两担水,用了一个多小时。

张小雷的老婆感动地说:"我这几天正愁着没水吃呢,真是太谢谢你了。你还挺有运气的,山下的自来水管经常没水,你今天去了就能挑上水,真是挺有运气呢。"

秋和说:"从山下往山上担水,女人干不了这个活儿,以后我有时间就过来给你们担点水,你不用为这事儿发愁。"

"可是……"张小雷的老婆支吾了一下说,"可是,这咋好意思呢?"

秋和脸上有些青色小点儿,就像脸皮下埋着一粒一粒黑芝麻。那是在井下打眼儿时,打到了瞎炮上,瞎炮炸了,炸进脸里一些煤屑,看上去就像胎记。矿上经常能看到这样的人。张小雷的老婆想,这个矿工也是一个死里逃生的人,心里就顿时产生了一种亲切感。

煤矿工人都是说话算话的人，从此以后，秋和常给张小雷家挑水。他来了也不跟张小雷的老婆多说话，就在柴炭房里劈柴打炭。一根一根柴火劈得一样长短、一样粗细，一看就是一个经常干活儿的人，这让张小雷的老婆想起了张小雷。张小雷活着的时候，劈出来的柴，就是那么整齐好看。睹物思人，张小雷的老婆不由得偷偷落泪。

张小雷的老婆一边往筐子里装那些劈好的劈柴，一边说："秋和，你把你儿子从农村接来吧，接来我给带着，反正我也得带孩子，带一个是带，带几个也是个带。你们父子俩还能生活在一起，多好呀。平时想接他回家就接回去，啥时候想送过来就送过来，孩子越来越大了，看不见爸爸孩子也心里难受呢。"

秋和点了点头说："再说吧。"

"别再说了，接来吧，接来我给看着。"张小雷的老婆觉得秋和有顾虑，顿了顿说，"看孩子是看孩子，又不是做别的，你别有思想负担。"

有一天，秋和刚走到张小雷家不远的地方，看见院门前围了很多人。他忽然慌了，张小雷的老婆是不是自杀了？那么艰难的日子，女人是容易自杀的。他急急忙忙往高坡上跑。他跑上去，看见张小雷邻居家的女人正抓着张小雷老婆的头发甩来甩去，就像一个人攥着萝卜缨子甩萝卜。两个女人正在打架呢。

邻居家的女人是个疯子，过去得过疯病，后来不那么疯了，不知道的人看不出来她原来是个疯子。这个女人在山坡街上名声很坏，不是跟这家打架就是跟那家打架，打遍了，人们都挺恨这个女人。

矿上的人在山坡上盖房子，都挨着。院墙外面的街道上有一条一条小水沟，不深，从每家门前经过，有雨水和脏水，就顺着小水沟流到东边的山下去。山坡街上没有下水道，人们泼出来的脏水和雨水都走门前那条小水沟。有自觉的人家，会把屎尿倒到没有人家的山坡下，当然要走一段路。有些不自觉的人家才不管那一套，早晨起来，把一家人一黑夜的屎尿，一出院门就泼到了街上的小水沟里，闹得街道里总是臭烘烘的。矿上的人经常因为谁家泼出的脏水流到了自家的门前而打架。疯女人就是这样的一个女人，早晨出来倒尿盆，不是往左边人家那边倒，就是往右边人家这边倒，要不就倒到前排房人家的墙根下。人们都说她不讲理。

张小雷家门前的那条小水沟也有问题，水沟从西边过来，走向东边的山坡下，但东边略高一些，水少了是流不走的。人们平时倒点洗菜水洗衣水也不要紧，就怕倒进屎尿，倒进屎尿，街上是又臊又臭。疯女人不管这些，把自家门前的水沟往张小雷家门前挖，挖到张小雷家门前就不再往远处挖了。所以她每次倒出来的屎尿就总是聚在张小雷的家门前。张小雷的老婆跟疯女人理论这事儿。张小雷的老婆说："东面那么高，你光把水沟挖到我家门前顶啥用？要挖你就往远挖，一直挖到东边去，水才能流到那边去。可你只挖到我家门前就不往远挖了，你这不是明着欺负我们孤儿寡母吗？"

就因为这，疯女人就上来疯劲了，抓着张小雷老婆的头发来回甩，就像攥着萝卜缨子甩萝卜。张小雷的老婆瘦弱有病，哪里是疯女人的对手。

小娟抱着妈妈的腰，声嘶力竭地哭喊道："别打我妈啦……你别打我妈啦……"

秋和看见眼前的情景，火气一下子就蹿上来了。他急忙走进院子，拎了一把洋镐又蹿了出来，一边走一边怒吼道："你放开她，你要是再不放开她，老子就劈死你！"

看热闹的人都急了,急忙上前拦住秋和。疯女人见势不妙,赶快松开张小雷老婆的头发跑回家去了。

人们都说:"你看她疯,你看她疯,她疯她也怕有人要劈死她呢,她还是不疯。"

秋和说:"你们别拉拽我,我不劈她,我咋能跟一个女人一般见识呢?我只是咋呼咋呼她,不真劈她。"秋和挥起洋镐,开始一段一段地往东边刨那条小水沟。他觉得,只有把东边刨低了,水才能从高处流向低处,这是解决问题的根本办法。

张小雷的老婆披头散发地哭着:"我男人死了,她们就这么欺负我们孤儿寡母啊……我的天哪……我的男人哪……"

秋和把水沟刨好了,又从山坡上刨出几块片石,板板整整地把片石盖在张小雷家门前的水沟上,又用土把周边填平,天也就黑了。

张小雷的老婆给秋和准备了洗脸水。秋和已经有些年没有接触过女人给他准备的洗脸水了,洗脸的时候觉得心里很温暖。秋和洗了脸,但脸上的那些黑点子还是那么黑,那些黑点子这一辈子也洗不下去了。

张小雷的老婆说:"我让你把你儿子接来,你咋还不接来?"

"这两天井下太忙了,工作面正在过断层。等工作面正常了,我就请两天假,回乡下把儿子接来。我也真是想我儿子了,每天睡觉前都想。"

小娟和弟弟围着秋和转来转去,跟秋和说话。

小娟说:"叔叔要是再来晚点,我妈就让那个疯女人给打死了。我妈要是死了,我和弟弟咋办?我爸到底啥时候能回来呢?你没跟我爸说,我们想他了?"

"你看,你这么一说,倒让我想起来了。"秋和走出去,从外边提回个塑料袋子,从袋子里拿出一块牛肉。那块牛肉有二斤多。
"你爸让我给你们捎回点牛肉来,你们吃吧。拿给你妈,让你妈给切切。"

小娟和弟弟一边吃牛肉,一边说:"我爸原来经常给我们买牛肉,就是这种牛肉,可好吃呢。"

小娟说:"你告诉我爸爸,他要是下回再不回来,再让你带牛肉回来,我就不吃,也不让弟弟吃。这个礼拜五下午四点,我们老师说要开家长会。我妈有病不能去,你能不能告诉我爸一声,让我爸给我去开家长会?"

"能,一定给把话捎到,告诉你爸爸让他给你去开家长会。"

"可是,我爸爸不是死了吗?"小娟不理解死了是什么意思,脸上显出茫然的样子。

"你爸爸没死,他还活着。"秋和说,"这样吧,到时候要是你爸太忙的话,忙得出不了井的话,我替他去给你开家长会,你看行不?"

"那,我咋叫你?"

"你就叫我秋和叔叔,秋天的秋,和平的和。"

"那我以后就管你叫秋和叔叔。"小娟想了想说,"礼拜五下午,你一定得告诉我爸爸,可千万别忘了啊。同学们的爸爸到时候都要去,我爸爸要是不去,同学们会笑话我,老师会骂我的。"

秋和一直惦记着给小娟开家长会的事情,总是提醒自己,千万不能忘了这件事情。但每次提醒自己的时候,就隐隐作痛。他在井下出过事故,差点被瞎炮打死,后来他说啥也不敢再干打眼工了。他要是那次被瞎炮打死了,假使小娟是他的女儿,女儿能不可怜吗?星期四晚上睡觉的时候,他打算明天不下井了,请一天假,好好睡一上午,睡到中午再起来,吃点饭,下午去学校给小娟开家长会。他很重视这件事情，起码在时间上要有充足的准备。可是，当他睡到临明的时候，还是醒了，既然醒了，就再去下井吧。整个上午，他一边往煤溜子上攉煤，一边低下头，用矿灯晃手表，计划干一上午，到中午就跟队长请假，赶快出井。他反复看表，被旁边的工友发现了。

"你今天咋啦，咋总是看表，是不是有相好的在上面等你？"工友的话穿过黑暗奔向秋和。

井下黑洞洞的，谁也看不见谁。人们干活时，矿灯的光束会随着人们晃动的头从这闪一下，从那闪一下。闪来闪去的光束，就像闪电。井下的黑暗，真黑，比井上的夜晚黑。井上的夜里有灯光，夜空上有星星，有时候还有月亮。可井下没有那些东西，井下的黑暗，是一种凝重的黑暗，好像伸出手能抓下一把软乎乎的黑东西。这样的黑，足够折磨人了。心理承受能力差的人，会被这种黑暗逼出病来。或者，太依赖光明的人，在井下是活不下去的。

"张小雷闺女，"秋和停顿了一下说，"今天下午四点，学校要开家长会，我答应孩子去给孩子开家长会。孩子还小，才七岁，还不太懂得死了是咋回事儿，一直以为她爸爸还活着，说不定哪一天，就又能见到爸爸了。我哄孩子说，她爸爸忙得出不了井，要是今天还忙得出不了井，我就替张小雷去给孩子开家长会。"

大伙听秋和这么一说，都停下了手里的活儿，突然安静下来。只有煤溜子还在哗啦哗啦地奔走着，撕扯着黑暗。但人们还是觉得静，黑暗更沉重了，好像能割下一块来称分量。有时候，能听到顶板上的碎煤掉到地上的响声，啪！啪！如果有大的煤石掉下来，正好砸在谁的头上或者身上，重者亡，轻者伤。有好多人就是死在那种声音里。

"那你，今天还下来做啥？"队长说，"你明明答应要给孩子去开家长会，你还下来做啥？你告诉我一声不就行了吗？"

秋和说："本来想今天不下来了，可睁开眼又下来了。"

"你下个屎呀，你还不赶快上去？"队长说，"你给孩子误了咋办？"

秋和赶快把挂在下巴上的大铁锹扔到了地上。人们在井下铲煤铲累了的时候，都把铁锹把儿挂住下巴休息，一般不敢轻易坐下来休息。坐在地上休息，行动就不迅速了，一旦上面掉下东西来，不能立刻闪开。站着休息，不像坐着休息那么懒散、那么放松，一旦上面有动静，马上就能跑开。在井下工作，人们一直处于紧张状态，不能有丝毫麻痹和放松。

秋和往工作面外面走去，拖拉拖拉的。下井工人穿的是高筒大雨靴，那种靴子很重，走起来会发出拖拉拖拉的沉重的声音。

一束惨白的光束，在黑暗中一高一低地晃着，渐渐远去。

秋和在学校大门口见到了小娟。小娟看见爸爸没来，马上就落下了失望的眼泪。

"我要爸爸，我要爸爸。"小娟低下头，哭了。

"你爸爸说，这几天太忙了，等你下次开家长会的时候，他一定来。你别哭了，好不好？小娟听话，小娟不哭。"秋和脸色很难看，孩子哭得真可怜。

小娟很懂事地点了点头，抬起手抹去脸上的泪水，迟迟疑疑地说："同学们的爸爸都来了，可我爸却没来。我都跟同学们说好了，说我爸今天肯定来。爸爸没来，这让我咋跟同学们说呢？同学们还不得骂我撒谎吹牛皮呀。"

"你跟同学们说，你爸忙，是你爸叫叔叔来替你爸的。"

"叔叔是叔叔，爸爸是爸爸，咋替？不能替。"小娟噘着嘴，眼珠子转来转去,突然想出了一个想法。"要不这样行不,你别跟别人说你是叔叔,你就说你是爸爸,你是我爸爸。"

"行,我就说我是你爸爸。"

小娟一激动,脱口而出:"爸爸!"

"哎。"秋和答应了一声,很激动,一下抱起了小娟。他抱着小娟大踏步地向学校里走去。小娟向同学们挥动着两条胳膊,像一只扇动着翅膀的小燕子。小娟左看一下,右看一下,不停地挥动着胳膊,冲着秋和不住地喊:"爸爸……爸爸……爸爸……"

黄静泉

祖籍山东，1957年出生于山西大同矿区。

1975年高中毕业，插队大同云冈村，返城后当过建筑工人，后来从事医务工作。系山西作协会员、中国作协会员。

曾在《黄河》《长城》《雨花》《山东文学》《山西文学》等杂志发表小说散文一百余万字，有小说和散文被《小说选刊》《散文选刊》选载，出版小说集《走向远方的河》等多部。

曾获"赵树理文学奖"等多种奖项。